齐鲁人杰丛书

主编 任继愈 副主编 乔幼梅 邹宗良 贺立华

陈克守 ○ 著

科技之父——墨 子

山东教育出版社

图书在版编目(CIP)数据

科技之父——墨子/陈克守著.—济南:山东教育
出版社,2015

(齐鲁人杰丛书/任继愈主编)

ISBN 978-7-5328-9172-6

Ⅰ.①科… Ⅱ.①陈… Ⅲ.①传记文学—中国
—当代 Ⅳ.①Ⅰ25

中国版本图书馆 CIP 数据核字(2015)第 249140 号

齐鲁人杰丛书

主 编 任继愈

副主编 乔幼梅 邹宗良 贺立华

科技之父——墨子

陈克守 著

出 版 者:山东教育出版社

(济南市纬一路 321 号 邮编:250001)

电 话:(0531)82092664 传真:(0531)82092625

网 址:www.sjs.com.cn

发 行 者:山东教育出版社

印 刷:山东海博印务有限公司

版 次:2016 年 4 月第 1 版第 1 次印刷

规 格:787mm×1092mm 32 开本

印 张:6.375 印张

插 页:2 插页

字 数:108 千字

书 号:ISBN 978-7-5328-9172-6

定 价:17.00 元

(如印装质量有问题,请与印刷厂联系调换)

印厂电话:0536—3501770

墨子塑像

墨子纪念馆

墨子墓

序

任继愈

山东教育出版社要出版一套《齐鲁人杰丛书》，这是一件很有意义的事。

我们的祖国是一个有着悠久历史和辉煌文化传统的文明古国，而山东则是中华文明的发祥地和重要地区之一，在中华民族的形成和发展史上做出了应有的贡献。近年来的考古发现已经证明，早在几十万年以前，"沂源人"就生息、繁衍、劳作在这块土地上，他们生活的年代与"北京人"大体相当。进入新石器时代，这里先后出现了后李文化、北辛文化、大汶口文化、龙山文化和岳石文化，形成了前后衔接的史前文化的完整序列，这在其他地区是十分少见的。

山东为齐鲁旧邦。西周初年齐鲁两国的建立，把西方周文化带到东方，与东夷文化相结合，造成新的文化优势，为后来秦汉以后的邹鲁、燕齐文化奠定了基础。齐与鲁对当时中国的政治、经济、军事、文化、科技等各个方面都产生了重大而深远的影响。孔子生于鲁国，他的思想学说不仅影响了中国，还影响到世界，成为世界人民共同的精神财富。此后孟轲、荀况发展了孔子的学说。鲁人墨翟是平民出身的政治家、科学家。孔墨两家成了战国时期的显学。孔墨之外，春秋战国时期的齐鲁地区人文荟萃，名家辈出，政治家如齐桓公、管仲、晏婴，军事家孙武、孙膑、田单，史学家如左丘明，工程技术专家鲁班，天文学家甘德，医学家扁鹊等。齐国稷下学宫，倡百家争鸣，大大地促进了学术文化的繁荣与发展，成为一时的学术中心。

下逮秦汉，中国进入大一统的封建社会。齐鲁文化博大精深的传统不断发扬光大，在此后两千年中，先后出现了公孙弘、诸葛亮、刘表、王导、王猛、房玄龄、刘晏、丘处机等政治家，彭越、羊祜、王敦、秦琼、王彦章、戚继光、邢玠等军事家，邹阳、东方朔、王粲、孔融、刘桢、徐干、左思、刘峻、刘勰、王禹偁、李清照、辛弃疾、张养浩、康进之、高文秀、谢榛、李开先、李攀龙、兰陵笑笑生、蒲松龄、孔尚任、王士禛等文学家，王羲之、王献之、颜真卿、李成、张择端、焦秉贞、高凤翰、刘墉等书画家，郑玄、王弼、刘熙、臧荣绪、邢昺、于钦、马骕、张尔岐、孔广森、郝懿行等经学家、史学家、文字学家，汜胜之、刘洪、王叔和、何承天、贾思勰、燕肃、王祯、白英、薛凤祚等科学家。几千年来，人才辈出，灿若繁星。

　　进入近代，山东地区的历史发展呈现出两个十分鲜明的特点。一是灾难和压迫深重。1840年鸦片战争之后，随着中国社会殖民化程度的加深，先是帝国主义教会势力侵入山东，后是日、英侵占威海卫，德国侵占胶州湾。二是压迫越是深重，反抗越是激烈。山东人民不屈不挠，前仆后继，进行了艰苦卓绝的反侵略、反封建斗争。山东人民反"洋教"的巨野教案，威海人民反抗英军侵占威海卫的斗争，高密人民的反筑路斗争，宋景诗领导的黑旗军起义，曲诗文领导的抗捐抗税起义，捻军和山东抗清武装击败清亲王僧格林沁的壮举，都是山东近代史上可歌可泣的壮丽篇章。面对帝国主义瓜分中国的狂潮，阎书勤、赵三多等率先举起了"反清灭洋"的大旗，直至发展为声势浩大的义和团反帝爱国运动，更是写在中国近代历史上光辉的一页。

　　1919年的五四运动是由山东问题引起的，山东人民则是这一运动的前驱。随着马克思主义的传播，王尽美、邓恩铭等建立了山东共产主义小组，山东成为全国建党最早的省份之一。抗日战争爆发后，在民族危亡的历史关头，山东党组织领导了冀鲁边、鲁西北、天福山、黑铁山、牛头镇、潍北、徂徕山、泰西、鲁东南、鲁南、湖西等抗日武装起义，山东军民创建了我党领导的山东战略根据地，山东大地上成长起了范筑先、张自忠、任常伦等民族英雄。在解放战争时期，山东人民参军参战，支援前线，配合华东解放军粉碎了国民党反动派的全面进攻和重点进攻，当时在山东境内发生的孟良崮、莱芜、济南、淮海等一系列重大战役的胜利，都直接地推动和影响了中国革命和中国历史的进程。

山东是一块有着悠久文化传统和光荣革命传统的土地，是一个英杰辈出的地方。作为一名山东人，我深以在故乡的土地上出现过一代又一代的文化名人和仁人志士而感到骄傲和自豪。《齐鲁人杰丛书》以文学传记的形式，将他们中的杰出人物介绍给广大读者，他们坚韧不拔、克服困难的精神给人以鼓舞，他们各具特色的人生经历和杰出贡献给人以启发。我们诚挚希望这套丛书能在弘扬祖国的传统文化，增强民族凝聚力，推进祖国的现代化建设中起到积极的作用。作为本丛书的撰写者，切盼得到广大读者的指正，以便作为今后进一步改进的依据。

目 录

导　言

　　墨子，姓墨名翟，战国初期鲁国人，墨家学派的创始人。他和孔子、老子并称为中华民族三杰。

　　墨子是我国古代伟大的思想家、教育家、科学家和社会活动家，也是伟大的政治家和军事家。有人称他是三面旗帜：第一，墨子是中华民族乃至自有人类以来酷爱和平的一面旗帜。第二，墨子是中国古典人道主义，也是人类古典人道主义的一面旗帜。第三，墨子是中国古代劳动者智慧的一面旗帜。

　　在秦汉之前，墨子是和孔子齐名的文化巨人，他们都被称为圣人。不过，孔子是统治阶级加封的圣人，墨子则是平民圣人，当时被称为"北方贤圣人"。梁启超曾说，墨子是"劳动人民的大圣人"；毛泽东也说过：

"墨子是个劳动者，他是比孔子高明的圣人。"

墨子所创立的墨家学派，在当时和儒家学派并称为显学。《韩非子·显学》中说："世之显学，儒墨也。儒之所至，孔丘也。墨之所至，墨翟也。"这两个学派在先秦百家争鸣时期是最有实力、影响最大的两个学派。

因为墨家学派是从儒家学派中分化出来的，所以这两个学派有某些共同之处，但在许多问题上也存在着观点分歧。他们互相驳难，揭开了先秦时期百家争鸣的序幕。

墨家学派不仅是学术团体，也是社会活动团体。庄子说他们为了"兴万民之利"，"赴火蹈刃，死不旋踵"，即上刀山下火海也不后退半步。他们以自己蹈险纾难的实际行动，在中华大地上扮演了一幕幕可歌可泣的动人故事，因而被后世视为传奇式的英雄。

墨家学说应该说是墨子及其后学集体思想的结晶，当然，墨子的思想是主导。墨学博大精深，涉及社会科学、自然科学和思维科学的诸多领域、诸多方面。

比如，墨子提出的十大理论：兼爱、非攻、尚贤、尚同、天志、明鬼、非乐、非命、节用、节葬，这是墨子及墨家学派的政治主张，尽管其中有些思想在今天看来并不完全正确，但主流却是唯物主义和民主主义、人文主义的，至今仍闪烁着其熠熠光辉。

在自然科学方面，墨家更是有许多惊人的发现和精

辟的见解。墨家的自然科学涉及到几何学、数学、力学、光学等众多方面，对许多问题的认识和发现达到了当时的世界先进水平，其中较为重要的如自然观中关于时间与空间的定义、时空的有限与无限、时间的开始、时间与空间的辩证关系，运动与运动的形式、静止与运动的辩证关系；几何学中的圆、矩形、平、点、体的定义，切线的发现；数学中 0 的发现；力学中的杠杆原理和重力的发现；光学中影的研究，平面镜、凹面镜、凸面镜的研究，小孔成像的原理与发现，等等。墨家在自然科学方面所取得的成就，在先秦诸子百家中遥遥领先，是其他任何一个学派根本不能相比也无法与之相比的。著名历史学家、哲学家杨向奎先生曾经撰文指出："墨子在科学史上的贡献等于古代希腊。"

墨家的墨辩逻辑与古希腊的亚里士多德逻辑、印度的因明逻辑并称为世界三大古典逻辑。它们各具特色，都对人类思维的发展作出了突出贡献，代表了当时逻辑学的最高水平。

墨子从其兼爱立场出发，阐发了他的卓越的军事思想。他一方面主张"非攻"，一方面又主张"救守"，对那些不义的攻伐之战采取积极的防御措施。《墨子》中的军事著述与《孙子兵法》一起被称为古代军事学的双璧。

墨子一生上说下教，一直都在从事教育实践和理论研究。他在教育目的和作用、教育内容、教育方法及教师的要求诸方面都有独特的见解，这些见解是我国古代教育理论中的精华。

战国时期，墨家学说流传甚广，影响甚大，有一个时期甚至超过儒学。孟子曾说到这种状况："杨朱、墨翟之言盈天下，天下之言不归杨，则归墨。""杨墨之道不息，孔子之道不著。"荀子也曾为此慨叹："礼乐灭息，圣人隐伏，墨术行。"但由于种种原因，到秦统一六国时，墨学却逐渐衰微了。汉代"罢黜百家，独尊儒术"之后，墨学几乎成了绝学。在一个很长的历史时期内，墨子几乎无人提起。被称为史学之父的司马迁在他的《史记》中对墨子仅说了两句话："盖墨翟宋之大夫，善守御，为节用。或曰并孔子时，或曰在其后。"最后一句话是关于墨子的生卒年代的，说得非常含糊，语焉不详，说明墨子在汉武帝时代就已经毫无地位了。

但是，这些都无损于墨子的光辉形象。他以高尚的人格、奉献的精神、渊博的学识赢得了人们永远的崇敬，许多学者都曾给予他极高的评价。

庄子是道家的大宗师，作为不同学派，他们的思想观点自然存在着很大差异，但庄子对墨子却很崇拜。《庄子·天下篇》在对墨子作了较全面的评价之后说："墨子真天下之好也，将求之不得也，虽枯槁不舍也，才士也夫。"认为墨子是世界上难找的大好人，哪怕劳累得像干草棒，他也不放弃救世的主张。真是一位才智双全的人

啊！赞叹与敬仰之情溢于言表。

　　儒家与墨家是敌对的两派，儒家的"亚圣"孟子是骂墨子骂得最凶的人，但他也说："墨子兼爱，摩顶放踵，利天下而为之。"这句话出自《孟子·告子下》，意思是说：墨子想尽爱天下的人，为他们谋利益，哪怕从头到脚磨成粉末，也在所不惜。墨子损己利人的奉献精神，连他的敌人也不能不感到佩服。

　　孙诒让在《墨子传略》中对墨子有一段中肯的评价："其于战国诸子，有吴起、商君之才，而济以仁厚；节操似鲁连，而质实亦过之，彼韩、吕、苏、张辈，复安足算哉！"章太炎则认为，不仅孙诒让所提到的先秦诸子不能与墨子相比，就连儒、道两家的祖师孔子与老子也不能望其项背。他在《论诸子学》中说："虽然，墨子之学，诚有不逮孔、老者，其道德则非孔、老所敢窥也。"学说各有长短，但在人品道德方面，还没有人能与墨子相比肩。章氏的这种观点具有很大的普遍性。梁启超在《墨子学案》中也说过："墨子真千古大实行家，不唯中国无人能比，求诸全世界亦少见。"

　　历史不仅仅是一片劫灰，也不是可以永远被掩盖的，拂去历史的尘埃，我们将会看到墨子永远的风采。

第一章　身世传奇

　　墨子的身世，史书极少记载，因此带有某种神秘的色彩。特别是墨子的生卒年代和里籍问题，一直是史学家关注的焦点。司马迁所说的"或曰并孔子时，或曰在其后"，已被史学界以充足的理由否定了前者而肯定了后者。对墨学研究作出过突出贡献的孙诒让认为墨子与孔子的再传弟子子思是同时代的人，而生年尚在子思之后。他约生于周定王初年而死于周安王末年，活了八九十岁。梁启超则进一步确定为：墨子生于周定王初年，大约相当于公元前468—前459年，死于周安王中期，大约相当于公元前390—前382年，活了八十岁左右。这正好是孔子死后与孟子出生之前的一段时间。也有的说法与此略有出入，但确认墨子生活在战国前期，在史学界已成为共识。

对墨子的里籍一直众说纷纭。有人说是鲁人，有人说是宋人，有人说是楚人，有人说是齐人，甚至还有人说是印度人或阿拉伯人。据张知寒先生考证，墨子的里籍应为小邾国境内的"滥邑"，即现在的山东滕州市木石镇。这一说法现在已被普遍接受。滕州市近邻孔孟故乡曲阜、邹城，位于京沪铁路的中点处。现在滕州车站前塑有 12 米高的墨子铜像，像前立有杨向奎先生题"墨子诞生地"碑。木石镇建有墨子纪念馆，立有任继愈先生题"墨子故里"碑。1992 年 10 月，在墨子的故里滕州召开了首届墨学国际研讨会。

一、凤临人间

小邾国是春秋战国时期众多诸侯国中的一个，位于现在的滕州市城区及东南一带。这小邾国原为邾国的一部分，是东夷族的后裔。邾国先人曾以蜘蛛为图腾，建国后即以蛛为国名，后来"蛛"延变为"邾"，也称邾娄国。周灭商后，对邾国采取分而治之的办法，把邾国分为三个小国：邾国、小邾国和滥国，但滥国不久就归附小邾国而称为滥邑。

滥邑境内有个小村庄，村后有一座小山，叫孤骀山。孤骀二字，在古时读为"目夷"。孤骀山紧连着一座大山，叫龙山。村前有一条涓涓小河，河的名字就叫目夷

河。村子南首有一座亭，叫目夷亭。这是一个山清水秀、风景宜人的地方。

村子里住着一户人家，夫妻俩，男的姓墨，是个远近闻名的巧木匠。墨木匠识文断字，心灵手巧，心眼又好，深得乡亲们的尊敬与爱戴。妻子是个贤惠的农家女，两口子过日子，倒也不愁吃穿，但却有一件大心事，使这对夫妻大不安心。

夫妻俩结婚后感情一直很好，相敬如宾，但年近三十，却未能生育。他们经常占卜打卦，求神福佑，也按照江湖郎中的"祖传秘方"，吃了不少草药。后来，妻子果然怀孕了。夫妻俩高兴极了，天天盼望孩子生下来。

一天中午，妻子做完家务，感到有点疲劳，就躺在床上休息。朦胧中听到一阵鸟的鸣叫声，甚是优美动听。抬头一看，只见一只色彩斑斓、美丽无比的大鸟飞进屋里，在自己的头顶盘旋。大鸟连叫几声之后，便向着龙山的山峰飞去。突然，她感到一阵轰鸣，红光四射，惊得她赶忙爬起，只觉腹痛难忍。不多时，生下一个男孩，他就是后来的墨子。

古时候，大凡有名望的人出世，都有先兆之说，墨子出生时她母亲的这一梦兆，被一传十，十传百地传开后，人们便认为他是凤鸟转世。龙山南首的山峰是凤鸟的降落处，所以后来人们就叫它落凤山。元代人伊世珍在《琅嬛记》中引《贾子·说林》："其母梦日中赤鸟飞入室中，光辉照耀，目不能正，惊觉生翟，遂名之。"清代的周亮工在他的《因树屋书影》一书中，也有类似的记叙。

墨木匠别提有多高兴了，生了个儿子，了却多年的心愿，固然使他高兴，而妻子的一梦，更是让他陶醉。他对妻子说："我们是商族的后人，据说我们的祖先契是因为他的母亲简狄吞食了一个大玄鸟卵，才怀孕生了契，所以，我们商人的图腾就是玄鸟。"妻子也很高兴，她接过话头说："那咱们干脆就给孩子起名叫鸟吧。"丈夫笑了，"不如叫翟，翟就是雉，就是你梦见的凤鸟。"于是，这个孩子就叫墨翟。

看着一天天长大的小墨翟，墨木匠的心里充满了希望。一天，他出神地看着妻子喂小墨翟，便情不自禁地说："也许，这是神的旨意，我们的家族已经好几代默默无闻了，这孩子要光宗耀祖了。"看到妻子迷惑的眼神，他便讲起了家族的故事。原来，这个普通的工匠之家有着不平凡的家世。

二、家世渊源

春秋战国时期的宋国，是一个很大的诸侯国，宋国的开国君主是商纣王的庶兄微子启。纣王沉湎酒色，昏庸无道，微子数谏不听，愤而出走。周武王灭商后，微子为了保护殷商遗民而降周。周公平定武庚的反叛后，

为了安抚殷商遗民，把商朝旧都周围地区划封给微子，建国为宋，都城商丘，领今河南东部和山东、江苏、安徽三省毗邻地区的大片土地。

宋桓公是微子的第十六世孙，立太子兹父。兹父有庶兄目夷，与兹父年龄相差无几，两人从小就在一起玩耍，一起读书。兹父深深感到，目夷各方面的才能远远超过自己，又比自己年长，于是就想把太子的位置让给目夷。目夷则认为，当时许多人为了夺取权位，不择手段，甚至于不顾父子兄弟骨肉手足之情而互相残害。兹父是法定的国君继承人，竟主动把权位让给别人，实在难能可贵，就凭这种道德品质，也一定能成为一个好国君。何况，目夷毕竟是庶出，根据当时各国通例，也应该是兹父继位。所以，当宋桓公驾崩之后，兹父便当上了国君，这就是宋襄公。

宋襄公当上国君，便任命目夷为相，辅助自己治国。由于目夷很有才干，而襄公又十分信任他，所以他们配合得很好，宋国日益强盛起来。但是，由于宋襄公高高在上，具体事务都是目夷处理；他执政后，宋国又一直处于顺境，渐渐地，他便变得主观武断。对目夷的话，也不像以前那么重视了。

春秋霸主齐桓公死后，宋襄公头脑发热，野心勃勃地想当霸主。目夷子极力劝阻，他认为以宋国的实力，根本没有资格做霸主，硬要去当，于宋国不利，但是襄公不听，一意孤行。周襄王十四年（公元前 638 年），宋出兵伐郑，郑求救于楚，楚国则伐宋救郑。目夷认为，楚强宋弱，不如罢兵。但宋襄公却说："楚国兵力有余，仁义不足；咱们兵力不足，可仁义有余。兵力怎么能抵得上仁义呢？"就在这年的八月，宋襄公与楚成王在泓水作战。为了让人家知道宋军的仁义，他特地下令造了一面大旗，上书"仁义"两个大字。

宋军驻在泓水河北岸，以逸待劳。楚军到达泓水，便开始渡河。就在楚国的军队渡河的时候，作为随军主将的目夷认为是歼敌的好机会，便请求襄公下令出击。他说："敌众我寡，趁他们渡河时打他个措手不及，这是天赐良机。"宋襄公说："君子做事，不乘人之危。我们要用仁义取胜，不能投机取巧。"楚军过了河，未来得及布阵，目夷又向襄公建议，趁其立足未稳，赶紧发起进攻，如失去战机，后果不堪设想。襄公说："不鼓不成列。人家还没布好阵，你就进攻，这是不仁义的。"直到楚人作好了战斗准备，宋襄公才下令进攻，结果被楚军打得溃不成军，宋军损失惨重，就连宋襄公本人也受了重伤，差一点送了命。这就是历史上有名的"宋襄公之仁"的典故。

经过这一战，宋国元气大伤。目夷深深感到国家存在的危机，而自己年事已高，无回天之力，于是就借向襄公问病的机会，委婉地表示了辞职的意思。

　　襄公似乎已经意识到自己的错误，但觉得目夷既然已决心辞职，强留下来也不一定会有好的结果，于是就问他有何打算。

　　目夷陷入了沉思，心想：叶落归根啊。他终于说："让我去追随我们的祖先去吧。"

　　尽管他说得不是很明白，但宋襄公还是听懂了他的意思。

　　原来，当时的小邾国一带是殷商族的发源地，殷商西迁后，即将同族的目夷氏封在此地，名为目夷国，到了周代，目夷国沦为小邾国的领地，但仍为商宋的附庸。作为殷商的后代，他们是不会忘记这段历史的。给他起目夷这个名字，很可能就有这个用意。宋国的开国之君微子，死后就葬在那里（现在微山有微子墓，微山原属滕州）。

　　因小邾国当时还是宋国的附庸，所以，宋襄公就把小邾国境内原来的目夷国封给了他，并决定在那儿建一座目夷亭，以表彰他的功劳。

　　这个目夷，就是墨子的先祖，有人考证，墨子是他的七世孙。他死后就葬在微子墓侧。

　　但是，宋襄公的这次分封，完全是一纸空文。随着宋国的不断衰落，小邾国很快就不再是宋国的附庸，而臣服于鲁。宋襄公在泓水战役中负伤后，第二年就死了，宋国从此一蹶不振。到了周显王四十四年，即公元前325

年，鲁国彻底灭掉了小邾国。所以，张知寒教授曾说过："因为小邾为宋所属，墨子为宋公族目夷子之后裔，说他是宋国人，名正言顺。后来宋国日益衰弱，小邾又臣服于鲁，说墨子是鲁国人，也无不可。春秋战国之际，小邾为齐国所有，所以也可以说他是齐国人。总之，不管是宋国也好，鲁国也好，齐国也好，其具体地望都在当时的小邾国境内，也就是今天滕州境内。"

三、求学之路

墨子所生活的小邾国属于邾娄文化区。这个地区处于泗水两岸，气候温和，雨量充足，光照时间适度，水陆交通方便，自唐虞以来，其经济文化就领先于其他各地。入周以后，又一直是东方的经济文化中心。这个地区人民的文化教养较其他地区为高。据有关文献记载：邾国属于炎族，一直被黄族视为野人，称之为东夷，但邾国人的文化教养却很高，他们文质彬彬，忠厚老实，性格和善，有君子风范。因为黄族是个大族，又一直处于华夏的中心地位，所以，他们鄙视其他民族，对其他民族有许多贬词，但唯独对于他们称之为"东夷"的这个民族，却另眼相看，承认他们的"礼让"风格，承认他们是"仁人"，他们的风俗习惯也"仁"，甚至还称他们的国家为"有君子国"。《山海经·大荒东经》里也有类似的记载："（东方）有君子国，其人衣冠带剑"，"其

人好让不争"。

这个君子国在科学技术方面也遥遥领先于当时的世界各地。据史学家考证，古人衣、食、住、行各方面的器物用品，大多为东夷炎族所首创。特别是"舟"、"车"等重要交通工具，都是邾娄人发明的。今天，"奚仲造车处"和奚仲墓的遗址，尚保存在滕州境内，距墨子故里不过十多里。据《左传》记载，楚国兴兵伐鲁，把鲁国打败，一次就向鲁国要走了三百多名技术工人，足见楚国当时缺乏科技人才。

人杰地灵，在邾娄文化区这个摇篮里，产生了许多划时代的文化名人和科学巨匠，如奚仲、吉光、公输般等。孔子生于邾国的尼山，被称为"邹人之子"，后随其母迁居曲阜。后来的孟子也是邹人，属当时的邾国人。墨子正是在这样一个文化科学最先进的地区成长起来的。

小墨翟是一个乖巧的孩子，三四岁时就把父亲的工具当玩具玩，父亲担心那些斧子、凿子一类的东西会弄伤他，可是他很小心，从来没有出现过被斧凿误伤这类事情。

稍大，他就模仿父亲做器具。父亲做床几、户牖，他就为自己打个小几置放物品。尽管他打造的小几只有几天就垮倒了，甚至开始做的小几根本就不能凭靠，但这丝毫不影响他的兴致。有一天他看到父亲为人家造车，他就对父亲说他也要做一辆车。父亲问他做车干什么，他说，做个车套上马拉着他出去玩儿。父亲笑了，帮着他做了一个玩具车，让他去圆他的好梦。

九岁那年，父亲把他送到了私塾学校，他从此开始了读书生活。他聪明而又好学，深得老师的喜爱。放了学就帮着父亲干木匠活。等他长到十几岁时，他不仅是个品学兼优的好学生，而且也像父亲那样，是个巧木匠了。

有一天，墨翟对他父亲说，想到鲁国去求学。

孔子是儒家学派创始人，是我国古代伟大的思想家、教育家。他打破了"学在官府"的一统格局，开办私塾学校，首创平民教育，培养了一大批有才能的人才。墨子出生时，孔子虽已去世，但他桃李满天下，各地私塾老师，几乎都是孔门弟子。墨子的私塾老师，就是一个儒家之徒，他认为墨子是一个不可多得的人才，所以极力动员他去曲阜深造，因为曲阜是鲁国的都城，是他心目中的圣地。他认为，墨翟如果能在曲阜深造几年，肯定会成为出类拔萃的人物，为儒家学派增光添彩。

但是父亲却并没有一口答应，因为那些年鲁国与邾国交战，他担心墨翟的安全。后来，听说邾国的都城邹城，有一个很有名的史老师在开办私塾学校。这位史老师不仅有名气，而且有很不一般的来历。

代表周文化的"周礼"是周公制定的，而鲁国是周公的封地，所以鲁国成了周文化的中心。《左传·昭公二

年》就说："周礼尽在鲁矣。"但是，鲁国毕竟是诸侯国，为了表示对中央政府的尊重，也是为了保持鲁国的文化中心地位，鲁惠公执政时向周天子提出申请，请求中央政府派人来鲁国专司改良郊庙之礼。所谓郊庙之礼就是在祭祀等重大国事活动时的礼、乐仪式等。天子派了史官史佚的后人史角担任这一重要使命。史角到了鲁国，就被鲁君留住，专门负责研究、传播周王朝的礼仪制度。后来，他就在鲁国定居下来。邹城的这位史老师，就是史角的后代。由于这种家世，这位史老师在当时以博学多艺而闻名。

墨翟按了父亲的要求，不久就去邹城拜了老师，从此就跟着这位史老师学习。

这位史老师所教的课程，基本上就是儒家的那一套，所以《淮南子》里说："孔墨皆修先圣之术，通六艺之论。""墨子学儒者之业，受孔子之术。"意思是说，孔子和墨子都专门研究古代圣贤的学说，精通六艺。墨子原来是儒家弟子，接受的是孔子思想的教育。所谓六艺是中国古代传统文化的基本内容，初级的六艺是礼、乐、射、御、书、数，较高深的六艺是孔子自己搜集整理修订的六本教科书：《礼》、《乐》、《诗》、《书》、《易》、《春秋》。因为孔子办学所开的课程就是六艺，而墨子确是精通六艺，尤其是孔子所制定的六本教科书，墨子在谈话中更是经常引用。墨子的老师史氏祖辈所从事的职业就是儒者之业。所以,《淮南子》的说法还是有道理的,尽管有人表示怀疑。

由于墨翟才华出众,而又求学若渴,非常尊重老师,所以很快便成为老师的得意门生。教师经常把他叫到跟前单独教诲。

有一天,老师和他谈到了《春秋》,问他对学习这部书有什么想法。墨翟犹豫了一下,终于说:"这《春秋》只是鲁国的历史,又经过孔子的删改,而孔子的'微言大义'更使它费解。"见老师点点头,表示赞许,墨翟便大胆地说:"老师教导我们以天下为己任,我们应该了解天下,而不能只了解鲁国。"墨翟的意思就是,不能只学鲁国史,而应该学天下各国的历史。当然,他所认为的天下各国,也就是周王朝所统治的领域,即中华民族所生活的范围。

老师笑了,他走进内室,拿出一捆简书,把它交给墨翟。墨翟打开一看,最前面的简片上是四个墨书篆字:百国春秋。老师说,这部简书是他祖上传下来的,现在世间已很难见到,要墨翟尽快看完还上。墨翟谢过老师,如饥似渴地仔细阅读一遍,并且和孔子的《春秋》进行了对比。通过对比他发现两部简书对历史的记载竟有许多不一致处。这使他的思想产生了很大的震动,他认为学知识不能只从简编上学,也不能只从老师那里学,对于简书和老师以及一切权威都不能迷信。

　　《百国春秋》对他的影响很大，很久之后他曾向别人谈到过这部简书："吾见《百国春秋》。"遗憾的是这部书没有留传下来，我们对它的内容已不得而知。

　　从此，墨子更注重实践知识。当时他生活的邾国正是科技文化最发达的地区，他本人又是木匠出身，所以他学习实践知识具备了优越的条件，除了木器制作外，他对皮革、制陶、冶金、缝衣、织布、制鞋等各种手工工艺都极感兴趣，并且很快就能成为行家里手。他关心生产，热衷科学，精通城防工程和军事器械制造，这些都为他后来所创立的墨家集团所继承发扬，他的这种精神也深深地影响了历代后学。

第二章　平民圣人

尽管墨子有着不平凡的家世，但自先祖目夷子辞官后，这个家族便逐渐衰落。墨子以上几代都是靠做木匠活为生，所以有人说他出身木匠世家。作为下层劳动人民，墨子经常自称为"鄙人"、"贱人"，直到成为与孔子齐名的显学领袖之后，他对自己的贫贱出身仍直言不讳。

墨子从小聪明过人，勤奋好学，为人热情，善于交往。他经常参加各种社会活动，因此他不仅有丰富的书本知识而且有各种生产活动的实践经验。学成之后，他创立了自家的学说体系和学派组织。

作为墨家学派的领袖，墨子有着极高的威信和巨大的社会影响力，他在当时就被称为"北方贤圣人"。尽管如此，他一直没有忘

记自己是下层劳动人民，他在言谈中经常提到"农与工肆之人"与"农与工肆"之事，并一直是他们的忠实代言人。他常常说，老百姓有三个最大的忧患："饥者不得食，寒者不得衣，劳者不得息。"他始终把解决老百姓的这三个忧患作为自己的职责。

他把自己的学说比喻为农民种的粮食或采集的草药。大儒荀子则称墨子的学说是"役夫之道"，这正好从反面说明墨子是下层劳动人民利益的代表。

墨子创立学说的目的就是为了救世济民，他的所有主张都直接产生于社会现实，因此，他的学说在当时具有极大的社会现实意义，也产生了巨大的社会影响。

一、创立学派

《淮南子》说："墨子学儒者之业，受孔子之术，以为其礼繁扰而不说，厚葬久表而贫民，久服伤生而害事，故背周道而用夏政。"墨子受的是儒家思想的教育，在学习中发现了儒学的许多弊端，于是非儒自立，创建了墨家学派。

墨家学派不是一个单纯的学术团体，而是一个有政治目标、有严密的组织和纪律的社会集团。

墨家学派以墨子的"兼爱"理论为指导思想，以行义为己任，恓恓遑遑，救世济民。学派成员不仅要学习各种理论知识，而且要参与各种生产活动，甚至直接参与反侵略战争。这个学派有许多成员被推荐到各国去做官，但不管当多大的官，都必须按照墨家的宗旨办事，如果违反了组织纪律，就会被召回，受到纪律处分。这个组织的领袖被称为"巨子"。

1. 读书与教书

墨翟外出求学多年，学成后回到故乡，就开始教书。他原来的启蒙老师年纪大了，不能再教书了，墨子正好接替他开始了教书的生涯。

当上了老师，墨子仍然保持着勤奋好学的习惯。有一天，他和几个学生一起到卫国去，车中载书甚多，弟子弦唐子问他："老师说过，书不过用来衡量是非曲直罢了，现在你出门还要带这么多书，有什么用呢？"墨子说："过去周公每天要读一百篇书，晚上还要接见七十个读书人，所以他知识渊博，政绩卓著，他身负辅佐天子的重任，还这么注意自身修养，用功读书，我上没有治理国家的责任，下没有耕种土地的劳务，怎么敢不读书呢？"墨子之所以能成为创立学说、建立学派的著名学者，一个重要原因，就是他勤奋好学。庄子就曾夸赞墨子是"好学而博"。他的这种好学精神，也深深地影响了他的学生们。

墨子不仅注重书本知识，更注重实践知识，从读完了《百国春秋》他就有了这种想法。现在，他更加坚定地认为，不能光让学生学儒家的书本知识，要教给学生

一些新东西，比如一些劳动技能。

儒家一直不重视生产活动，孔子的学生曾问他怎么种庄稼，他说，我不如老农；问他种菜技术，他说，你可以去找老圃。墨子认为，这种完全脱离生产实际的教学，不利于国计民生。

有一天，外村一位老农来找墨子，一见面就说："先生，我想叫我的孩子跟您上学。"

"好啊！"墨子说，"你叫他自己来就可以了。"

"我们家祖辈没有当官的，我也不想让我的孩子当官，您家祖辈都是木匠，您又精通各种手艺，我想让我儿子跟你学木匠活，或者其他手艺，将来能有本事挣饭吃就行了。"老人说得很恳切。

"学木匠活可以。"墨子说，"但要知书才能达理，我家祖辈为木匠，但我家祖辈都识文断字，都读过书啊！"

"那好，先生，我就把他交给您了，您看该教什么，就教什么吧。"老人告辞了。

这件事给墨子留下了深刻的印象。儒家的培养目标是当官，孔子曾明确表示学生跟他学习就是为了取得做官的资格。儒家的名言就是学而优则仕。但是，墨子想，并不是每个学生都能当官啊。人的才能不一样，并不是每一个人都有当官的才能，再说，即使有了这种才能，也并不一定有这种机遇。但不管当官不当官，人总得生活，所以，首先得教会学生谋生的手段。儒家培养的人，如果当不上官，就会穷愁潦倒，他们肩不能挑担，手不能提篮。如果能有人请他们教书，或请他们帮着操办红白喜事，他们还能有碗饭吃，如没有这种机会，他便没有其他谋生的手段。墨子认为应该培养学生多方面的才能，包括各种生产活动的基本技能。墨子求学时期他的老师并没有教他这些东西，但是他有祖传的手艺，又有心自己学，所以，他在完成学业的同时也成了具备各种生产技能的多面手。

因为墨子是刚开始办学，他本人还没有很大的名气，而且在乡村办学，学生当官的机会并不多。但墨子培养的学生至少有一技之长，可以直接创造社会财富，所以，在当地很受欢迎，他的学校办得特别红火。这使他有了较大的社会影响。

这种情况使墨子由衷地感到高兴，他的信念更坚定了。这也使他对儒家的整个理论体系进行了更深入的思考。

2. 背周崇夏

孔子推崇周公，也推崇周公所制定的周礼。孔子生长在鲁国，从幼年时代起就受到了周礼的习惯熏陶，他后来周游列国，发现各地的文物制度，没有哪一处能比得上鲁国，甚至连周的都城也因王室的衰微而弄得礼乐不兴。因此他决定以鲁国为基地全面恢复周代的礼乐。

墨子出身平民，生长在乡村，他基本上没有机会见

到国家的礼仪场面，更没有条件欣赏乐舞。后来有机会见到，他也不像孔子那样，迷得三月不知肉味，他所感受到的只是统治者为了享乐而给老百姓增加的痛苦。他亲眼看见王公大人们强迫许多青壮年男女抛弃了他们耕稼树艺纺绩织纴的必要工作，去为统治者撞钟击鼓，弹琴鼓瑟，唱歌跳舞，以供他们享乐。当听到齐康公竟组织万人演奏名为《万》的大型乐舞时，他气愤地说："这是亏夺老百姓衣食之财。"所以，他主张非乐。不过他非乐非得确实有些过火，据说，他周游列国时有一次听说前边的城市叫朝歌，他竟恨这个名字起得不好，宁愿绕道走而没有进那个城市。这似乎有点神经质，但由此可以看出墨子非乐的态度。而儒家却宣扬礼乐，墨子认为这是为统治者的行为提供理论根据。还有儒家提倡厚葬久丧的"礼"，也不利于人民的生产和生活，所以，墨子决心非儒立墨。

儒家崇周。周代尚文，商代尚质，孔子说："质胜文则野，文胜质则史。"质是朴实的意思，过于朴实，专讲实惠，未免显得土气，不能登大雅之堂。文是虚仪，太过于文则虚伪，专讲仪礼，则会流于贵族化，不切合实用。所以，孔子主张"文质彬彬"，他也说过："礼，与其奢也，宁俭。"他也反对奢侈，提倡节俭，然而，他毕竟是强调从周尚文："郁郁乎文哉，吾从周"。而后儒家则将他的主张发展到极端，完全丢开了简朴的主张。墨子对此表示了极大的反感，他主张节用节葬，发展生产，节约开支，从而提高人民的生活水平。

反对崇周，必然要考虑崇商。墨子身为殷商后裔，而商又恰恰是尚质的。但墨子很慎重，他知道，确立了推崇对象就是树起一面旗帜，那实际上代表了自己的理想。他决心进行实地考察。

宋国是殷商的大本营，宋国人都是殷商遗民，宋国的开国君主微子是殷商的名臣，所以，宋国必然能保存着前代尚质的遗风。墨子带着几个学生，去宋国作了一次考察。他访问了许多学者，与社会各阶层人士接触。通过考察，墨子把宋国和鲁国的情况作了对比，他认识到，崇周不好，崇商也不行。宋国的殷商遗风自然地使他想起了他的先祖目夷子和宋襄公的故事。两军开战，宋襄公的军令竟然是"不重伤，不杀二毛，不鼓不成列"，即不伤害对方伤员，不杀对方年龄大的军人，对方不摆好阵式不开始进攻。两军作战，你死我活，居然还大讲"仁义"，这愚蠢的行为，使以宋襄公为代表的宋人付出了惨重的代价。先秦诸子寓言故事中有许多讽刺宋人的，如拔苗助长、守株待兔等。墨子当时就已经意识到，宋人所保留的殷商遗风，已经远远落后于时代了。

儒家崇周，我们却不能崇商，这该怎么办？他一边走路，一边陷入了沉思。

忽然间，随行的弟子们嚷叫起来，他抬起头，发现

他们走到了一个四岔路口。摆在前面不同的道路，通往不同的方向，哪条路才是正道，哪条路才能到达目的地？如果一步走错，就会远离目标，不知道会走到什么地方去。触景生情，他由此感悟道：人生的道路不也是如此吗？自己现在不是正处在人生的十字路口吗？他深深地叹了口气，自言自语地说："我们一定要慎重，选择好自己应该走的路。一步不慎，可能会违背初衷，不仅不能为天下谋利，说不定还会危害天下。"忧患心切的墨子，面对此情此景，感慨万千，不知不觉，竟潸然泪下（这就是墨子哭歧途的典故）。

弟子们用吃惊的目光注视着老师。墨子意识到自己有些失态，便向弟子们讲明自己的感想，接着说："人生固然多有歧路，但肯定也有正道。为什么有的人会误入歧途呢？关键在于没有明确的指导思想，不明正道。我们原来学习儒家的那一套，现在已经发现它有那么多弊端，就不能再沿着错误的路走下去，我们要创建自己的学说，组织自己的学派，但是……"他停住了，又回到原来思考的问题上。

不能崇周，也不能崇商，那么……突然，他眼前一亮，我为什么不能崇夏？尧舜禹是古代三位有名的圣君，儒家也把他们置于极高的地位。禹为了使人民过上幸福生活，他亲自拿着工具，率领人民疏通江河，治理洪水，三过其门而不入。由于奔波劳累，使他股上没有肉，腿上没有毛，他是为了天下利益而艰苦奋斗的圣人，这才是我们应该效法的楷模。

这一发现使墨子激动不已。"众里寻他千百度，蓦然回首，那人却在灯火阑珊处。"墨子像是一下子找到了知音，他觉得他的心竟和大禹贴得那么近。是呀，他想，大禹所做的事是为天下兴利除害，他为的是天下所有的人，墨子对儒家的"亲亲有术，尊贤有等，强执有命，繁饰礼乐"早就十分反感，而大禹的所作所为，和儒家的这一套正好相反。我应该背周崇夏，非儒自立。

此后，墨子在他的讲坛上公开树起了反儒的大旗。他把自己多年来思想的结果，总结为十大主张：兼爱、非攻、尚贤、尚同、节用、节葬、天志、明鬼、非乐、非命。并把这十大主张，作为学生的思想教育课。

墨子公开反儒，在社会上产生了极大影响。儒家之徒有不少人找墨子辩论。但墨子反儒是经过多年思考并进行过实地考察的结果，所以通过辩论他的影响更大了。

3. 师生知己

有一天，学生向他报告说："有一个自称禽滑厘的人求见。"墨子不知来者为何许人，心想，可能又是儒家之徒来找我辩论的吧。

来人是一个身材魁梧的青年人，面庞方方正正，面色黑里透红。他一见墨子就跪地叩头，说："久闻先生大名，学生禽滑厘愿拜先生为师，恳求先生不弃。"

　　墨子很高兴，请来人坐下，两个人就攀谈起来。从谈话中墨子知道，禽滑厘是儒门弟子，对于儒家的一些观点有看法，听说墨子原来也是受儒学教育而现在却非儒，他感到很高兴，尤其是墨子的十大主张，他觉得正是自己所思考所追求的东西，于是就决心来追随墨子。

　　两个人有着一段相同的思想发展历程，所以谈起来特别投机。天已经很晚了，他们都没有睡意，于是秉烛而谈。"现在，许多儒者都是好吃懒做，老天又不会掉馍馍，他们这种德行，当然免不了要挨饿受冻。落到了这个地步，和乞丐没有什么两样。他们仰人之食以为生，好像田鼠一样，把农民种的粮食偷藏起来自己享用。看见人家的食物，贪馋的目光就像公羊，而拼命地抢食就像阉过的公猪。"听到墨子这两个比喻，禽滑厘心领神会地笑了。"老师说得太形象了，也很准确。"他禁不住说了一句。

　　墨子受到禽滑厘情绪的感染，他也感到轻松愉快，好像对一个知心朋友拉家常。"儒者就是靠别人的收获过日子，不管你收下什么庄稼，他们就去乞讨。等五谷都收割完毕，他们就去帮助死了亲属的人家发大丧，把子孙都带着，一连在丧主家吃好些日子。他们认为这就是衣食之源，所以，一听说富贵人家死了人，他们便高兴得手舞足蹈，连声说：'又有衣食了。'君子们为此而笑话他们，他们便大为恼火，大言不惭地说：'你们凡夫俗

子怎么能理解我们贤明的儒者。'"墨子说到这里，自己
也忍不住笑起来，禽滑厘更是乐不可支。

笑了好一会，禽滑厘说："老师，我曾听到关于孔子
的一个故事，不知是真是假，请老师指教。"墨子问：
"什么故事，请讲吧。"于是，禽滑厘就讲了这个故事：

孔子被困在陈国、蔡国之时，只有野菜汤喝，师徒
都非常狼狈。后来，实在忍不住了，弟子子路就设法弄
来一头小猪，蒸了给孔子吃，孔子根本就没问肉是从哪
里来的便大嚼起来。子路又抢了人家的衣服，用来换酒，
孔子也不问酒是从哪里来的张口就喝。后来孔子到了鲁
国，鲁哀公久闻其大名，待为座上宾。在哀公为他举行
的欢迎宴会上，座位摆得不端正孔子不坐，割下的肉不
方正孔子就不吃。子路颇为惊异，上前问道："先生为什
么跟在陈、蔡时的态度相反呀？"孔子说："过来，让我
告诉你，那时我们是苟且偷生，现在我们则是苟且
偷义。"

墨子听完，微微一笑说："可以肯定，这不是无中生
有。有些细节也可能与事实有出入，但这个故事很能说
明问题。"禽滑厘说："老师说得对，这个故事确实是揭
示了儒家讲礼仪的真面目。饥饿困难之时，他们不惜妄
取以求活命，礼仪就被抛到九霄云外了，到了衣食有余
的时候，他们的礼节规矩就来了。"

"是啊。"墨子说，"如果礼仪只在不饥不寒、生活富

足的情况下才适用，那么，这种礼仪就该打个问号了。要么礼仪本身是虚伪的，要么鼓吹礼仪的人是虚伪的。"

"我认为，二者都是虚伪的。"禽滑厘也不感到拘谨了，说话也就很随便。"不过，"他突然想到了别的问题，"孔子创立的儒家学派，毕竟还有很大的势力范围，孔子周游列国，目的是想借助国君的力量实现他的政治理想，虽然他没有达到目的，但还是有很大的影响。以老师您的思想、人格，以您的号召力和凝聚力，我们完全可以成立一个学派与儒家相抗衡，我们也可以周游列国，借助国君的力量实现我们的政治思想。"

墨子赞许地点点头："我这一段时间一直在考虑这些问题，正准备实施，但缺少一个得力的助手，你来得正是时候，这真是天助我也。"

远处传来鸡鸣声，原来天快要亮了，他们不知不觉地谈了一个通宵。

二、"为义"大旗

墨子贵义。《墨子·经上》解释："义，利也。"义就是利。所以，墨子又说："仁人之事者，必务求兴天下之利，除天下之害，将以为法乎天下，利人乎即为，不利人乎即止。"《墨子·非乐上》称为义即兴天下之利，除天下之害。这是墨家的行动纲领，是墨家始终高举的大旗。

　　墨家是实践家，墨子特别反对"坐而言义"，他把义看作是为追求利而进行的过程，他所求的利则是"国家百姓人民之利"（《墨子·非命下》）。《墨子·贵义》中还说："手足口鼻耳目，从事于义，必为圣人。"强调为义必须是全身心地投入。

　　孔子言仁不言义，他的仁是"亲亲"之意。墨子则把孔子的仁接过来，加以改造，然后加上义，形成了墨家的"仁义"观。至孟子时，墨子的"仁义"思想已有了很大的社会影响，孟子便把墨子的"仁义"接过去，用孔子的"亲亲为仁"加以回复，改造为"亲亲为义"。所以，儒墨两家都讲"仁义"，但却是两个完全不同的概念。墨子的"义"与孟子的"义"也有着明显的区别。至于墨家"为义"的实践活动，更是墨家的特色，与儒家毫不相干。

　　1. 天下良宝

　　禽滑厘在墨子门下不久就充分显示了他的才华，他实际上成了墨家集团的第二号领导人，其他弟子都尊称他为禽子。在禽滑厘的协助下，墨子所创立的墨家学派兴旺发达。它不仅是一个学术团体，而且是一个生产团体。它的成员要从事各种生产活动，制造各种生产工具、生活用品，承包各种工程。它还是一个军事集团，因为当时诸侯混战，而墨子主张兼爱、非攻，而要反对侵略战争，不能只停留在口头上，所以，墨子讲课的内容就有军事知识，而墨家学派的军事课不仅有理论，而且有军事训练，他们随时准备参与战争，反抗侵略暴行，保护弱小国家和人民。不管干什么，墨家有个行动纲领，就是为义。墨子把为义的道理作为他向学生进行思想教育的一个主要内容。

有一天，他以《贵义》为题，给弟子授课："天下万事中没有比义更可贵的，所以，义是天下之良宝也。"有个弟子刚听了这一句，便忍不住发问：

"老师，义是看不见摸不着的，你说它是天下最好的宝贝，怎么能证明呢？"

"如果有人给你一套新的帽子和鞋子，却要你砍断你的手和脚，你干不干？"墨子没有正面回答，却提出了一个让这个学生摸不着边际的问题，他也只好回答说：

"当然不干。"

"为什么？"

"这很清楚，鞋帽不如手足贵重。"

"很好。再比如，给你整个天下，却要把你杀死，你干不干？你肯定也不会干，为什么？因为对你来说，天下也不如你的生命贵重。"

"老师，我懂了。我经常在大街上看到有人为了一句话而争得面红耳赤，甚至于为了一句话而大动干戈，闹出人命，这就说明人们把义看得比生命还贵重，对吗？"

"很对。"墨子肯定地说，"所以我说，万事莫贵于

义，义是天下之良宝也。"

"可是，义到底是什么呀?"这个学生还真是有股钻劲。于是，墨子明确地解释说:

"义就是兴天下之利，除天下之害。"

"儒家主张重义轻利，老师用利来解释义，老师的意思是说，这二者是统一的。"

墨子讲课喜欢用这种讨论式的方法，他喜欢学生畅所欲言，也鼓励学生对老师的观点提出质疑。

"对!"墨子先对这个学生的观点给以肯定。然后又说:"我说'义是天下之良宝'，就是因为它对人民有利。诸侯们认为，和氏之璧(和氏璧，宝玉名)、隋侯之珠(古代传说中的明珠)这类东西是天下之良宝，但是，这些东西可以富民强国吗? 不能。能够使天下太平，人民幸福吗? 也不能。所以，这些东西与人民无利，不是天下之良宝。我们之所以贵义，就是因为它对人民有利，如果用义来治理国家，就会国泰民安，人民安居乐业，于国于民都有利，所以，我们要把义作为我们一切行动的纲领。"

"老师经常讲的十大主张，都是有利于民，也都可以纳入到'为义'的范畴之中，是吗?"

"很正确。我们墨家的旗帜就是为义，就是为人民兴利除害。不管干什么，只要符合这个原则，就是为义。这就像打墙一样，能挖土的挖土，能填土的填土，能打桩的打桩，能夯的就夯，大家一齐动手，这个墙就筑成了，为义也是如此。"

2. 评价王子闾

有一天，学生孟山向墨子讲到王子闾的故事。

王子闾是楚平王的儿子，名叫启，当时为太子。有个大臣白公作乱，杀害了他的两个兄长西和子期，然后抓住他，把刀架在他的脖子上，逼着他继承王位。白公对他说："你答应做王就能活着，不答应做王，就立即把你杀死。"王子闾说："你杀害了我的两个哥哥，又让我做王，想用楚国来讨好我，可是，这实际上是对我的侮辱。你用这种办法来强迫我，不用说把楚国给我，你就是把整个天下都给我，我也不会同意的，因为那是不义的。"于是他就被杀害了。

讲完了这件事，孟山大发感慨，对王子闾这种舍身守义的行为赞不绝口。"威武不能屈，富贵不能淫，这真是仁义行为。"

孟山满以为墨子会赞成他的观点，把王子闾作为仁义者的典型而大加赞扬，不料，墨子却说："王子闾能够这样做，也算是难能可贵了，但是我认为，这还不能说是仁义行为。"

孟山大吃一惊，他睁大眼睛，盯着墨子问："为什么?"

墨子解释说："如果王子闾认为楚王为无道，那么他

身为王子就应该继位为王，执政治国。如果他认为白公为不义，他就应该顺水推舟，先答应白公的要求继承王位，取得政权之后，就可以利用权力除掉白公，然后把王位还给楚王。这样才于国于民都有利。他这样把命搭上，于事无补，于国于民都不利，这怎么能算仁义呢？"

孟山恍然大悟："先生判断义的标准，是看是否'兴天下之利，除天下之害'。"墨子笑着点点头。他的思想能被人接受他就感到高兴。

3. 为义之难

然而，为义并不是一件轻松愉快的事情。为义者自己需要吃苦，需要奉献，需要舍己为人，这是墨家的宗旨，是墨家成员的自觉行为，倒不难做到，但是他们这样做却不被人理解，这是令人难以忍受的。不要说是弟子，就是墨子本人，也曾为此而苦恼过。

有一天，儒家之徒巫马子对墨子说："你们墨家为了行仁义而到处奔波，但许多人都看不见你们为义的功劳，你们还是那么苦苦干，你们真是疯子。"

墨子打比方说："假设你有两个臣仆，其中一人很狡猾，在你面前就干事，不在你面前就不干事。另一人很老实，不管你在不在面前，他都一样干事，你赞成哪一个？"

巫马子脱口而出："我当然赞成那个老实人，当面干而不当面就不干的是投机取巧。"

"既然如此，你就是赞成疯子的行为，你不是也成了疯子吗？"

巫马子想给墨子戴上疯子的"桂冠"，墨子却机敏地将这顶"桂冠"又回敬给了他。然而，这件事对他的刺激并没有因为驳倒了巫马子而消除，所以，当巫马子走后，他便对弟子发牢骚说："我们苦苦为义，而像巫马子这种世俗君子却不理解，他们对待我们为义者竟不如对待挑担的人。如果有个挑担的人在路边休息，休息完了要挑起担子再走，但一下子又挑不起来，这些世俗君子们见了，肯定会帮他一把，其实，他们这样做也是为义。但是，我们给他们讲为义的道理，劝他们为义，他们却不听；不听也就罢了，他们不该攻击我们，诋毁我们呀！这真叫人伤心。"

发牢骚归发牢骚，墨子和他的弟子们为义的决心却丝毫不为所动，他们为义的热情也丝毫不为之减。墨家这种苦而为义的精神最终还是为多数人所理解，许多人都被他们的精神所感动，有一则关于范蠡的传说故事就说明了这种情况。

4．故人范蠡

范蠡是河南南阳人，被越王勾践封为上将军。在吴国灭掉越国期间，他甘愿作为越国的人质，与越王勾践一起去吴国当奴隶，含垢忍辱两年多。在那两年多的时间里，他们明里装出一副甘心当奴隶的样子，对吴国君

臣笑脸相迎，暗里却下定决心，拼上二十年，要复国灭吴，报仇雪耻。

由于他的谋略与精心策划，他们君臣二人终于回到越国。回国后，越王卧薪尝胆，发愤图强。而范蠡则和文仲一起，同心协力，策划经营，终于一举灭掉吴国，范蠡从此而名震天下。

长期与勾践生活在一起，范蠡深深了解勾践的性格品质：可与共患难，难与共欢乐。在庆功宴举行的第二天，他就不辞而别了。

他到了齐国，受到了齐王的厚礼相待，被封为相国。这一天，他正与齐王议事，有侍臣报告说，墨子由鲁国来到齐国。范蠡听到这个消息十分高兴，便对齐王说："大王，我与墨子早就认识，他是个很有才能的人，我要去见见他。"他便向齐王告辞，在自己的官邸里接见了墨子。

故人相见，分外亲热。看到墨子衣衫俭朴，面容憔悴，范蠡便关心地问他何至于此，现在都在干些什么。墨子将他们苦而为义的事简略地作了介绍。范蠡听了深受感动，他说："先生贵义的观点我很赞同，你们为义的行为，我也很钦佩，但是，现在天下哪里还有人为义呢？别人都不干，唯独你们在苦苦地为义，落得如此狼狈，这是何苦呢？我看不如算了吧。"虽然是泼冷水，但毕竟是出于一片同情。"谢谢你的好心，但是，"墨子略一沉思，"这么说吧，比如有这么一个人，他有十个儿子，只有一个在忙于耕种而其他九个却袖手旁观，在这种情况下，这个耕种的就不得不更加紧迫了。为什么呢？因为吃饭的人多，耕种的人少，不加紧耕种，大家都会挨饿。如今，天下没有为义的人，只有我们墨者在苦苦为义，这只能使我们感到任务繁重。你如果劝我，就应该劝我积极努力才是，怎么反而劝阻我呢？"墨子这番话，使范蠡内心深处受到了震撼。这天晚上，他久久不能入睡。他十分钦佩墨子对"义"的忠贞，钦佩墨子"为义"而坚韧不拔的奋斗精神，这也使他回想起他自己的经历。

在越国为官，在吴国为奴，恢复越国，消灭吴国，他确实是干了些惊天动地的大事业。发现越王的思想倾向，还没等他有行动的表示就及时离开了他，而投靠齐王，自己的选择也可谓明智。然而，自己的所作所为是否是为义？这样做的结果究竟有多少成分是为兴天下之利除天下之害呢？而墨子和他的弟子们，却是只考虑别人的利益而不考虑自己，甚至为了别人的利益而牺牲自己的利益。我范蠡和他们比较起来可是相差太远了。

他又想到自己辅佐过的越王勾践。他为了从吴王手里逃出来，便不择手段地讨好吴王，他曾经亲口尝过吴王的粪便；为了软化吴王的斗志，他挑选美女数千人，还献出了西施和郑旦；为了使吴国贫困，便于他攻打，他把煮熟了的粮食种子献给吴王，使吴国闹了大饥荒……

为了恢复他的越国，灭掉吴国，他牺牲了多少人的利益。不光是夫差，当时的各国诸侯，王公大人，他们为人民兴的什么利？实在想不出来。他们都是只顾他们自己的享乐，而不顾人民的死活，与墨子比起来，他们就更显得卑鄙。

他决心要像墨子那样去为义，去为天下兴利除害。于是他弃官而走，去找墨子，但墨子不知又到哪里去了。于是他就到了墨子的家乡，定居下来。为了行义，他选择了经商之路，挣了钱支持墨子的义举，济世救民。

他做了义事也不愿留下真实姓名，人家只知道他是"陶朱公"。他住处附近有座山原叫华采山，人们为了纪念陶朱公的义举，把华采山改名为"朱山"，后来又称"陶山"，并在陶山脚下建了一座陶朱公庙。现在，在滕州市羊庄镇薛河岸边，陶山依旧，陶朱公庙犹存，庙的不远处有个村庄叫钓鱼台，据说那是范蠡隐居后经常钓鱼的地方。

三、苦行救世

《庄子》中有这样一段记述：墨子曾称道说，从前禹治水时，疏浚江河而沟通了四夷九州三百条大河，三千条支流以及无数小的溪流。当时，禹亲自拿着土筐和锹镐，使天下的河川纵横交错，洪水不再为害人民。由于劳累，禹的股上没了肉，小腿上也没了毛。他整日被暴

雨淋着，被疾风吹着。经过艰苦的努力，天下百姓安居乐业。禹是大圣人，他以自己的劳苦为天下造福。墨者为了仿效禹，便穿着兽皮和粗布制成的衣服，穿木屐草鞋，日夜不停地劳作。他们以自苦为行为准则，并认为如果不能这样做，就不配做墨者。

以墨子为首的墨家成员，以大禹为楷模，一是学习大禹的勤，二是学习大禹的俭。所以，墨子一方面主张强力从事，通过艰苦的劳动创造社会财富；另一方面主张节俭，包括节用、节葬、非乐等，像大禹那样，以救世济民为己任，"以自苦为极"，"刑劳天下"。

当时的统治者穷奢极欲，"厚作敛于百姓"，墨子在《辞过》中从衣食住行等方面对他们的奢侈浪费现象作了深入批判，并提出了一个光辉命题："俭节则昌，淫佚则亡"，这是千古不易之定则，是历史认定之真理。

墨家成员身体力行，苦行救世的精神，令人钦佩，值得赞颂。

1. 强力从事

墨子为义，就是为了"兴万民之利"，救世济民。

墨子认为，要救世济民，首先要非攻，消灭战争，保持天下和平。作为一个国家要尚同尚贤，有开明的政治，才能有国泰民安的稳定局面。这些都是社会发展的前提条件。除此之外，应该大力发展生产，这样才能创造社会财富，才能提高人民的生活水平，所以，不管干什么工作，都要强力从事。每一个人都能做好自己应做的事，社会就能协调稳定地发展。然而，儒家却提倡有命论，认为贫穷富贵等一切都是命定的。这种观点的危害性就在于：它使人们安于现状，不思进取，听天由命而放弃人的主观努力。因此墨子特别反对这种观点，主张非命。

有一天，有个少年人来拜见墨子，他说，他很想跟墨子学习，但是他的父亲却不同意。"求先生帮助我，让我也来上学吧。"

"你父亲为什么不同意呢？是因为家里穷交不起学费吗？"墨子问。

"我们家是不富裕，但我们邻居家比我们还穷，人家的孩子却来上学了。我父亲不让我来，是他的想法有问题。他老是说，命里八尺，莫求一丈，我们是命定的要过穷日子，上学只会使家里更穷。"

墨子一听这话，心里就老大的不高兴，"看来你父亲受了命定论的影响，你成了命定论的受害者。你带我去见见你父亲吧。"

这个少年就住在邻村，墨子跟着他不一会儿就到了他家里。

他家的确不富裕，而且又脏又乱。两间破草房明显该修了，满院子堆放着乱七八糟的东西，屋子里也不整洁。他父亲正闲坐在那里，看见儿子领着先生进来，他

马上就明白是怎么回事了。

"先生请坐。"他让墨子坐下，又要倒水。墨子阻止了，开口就问："孩子这么喜欢上学，你为什么不让他去呢？"

"他就是那个命，上学有什么用？"果然，他一张口就是命。

"命？难道你的命就该是这样？"墨子想发火，可是觉得不合适，就尽量缓和一下语气："如果你用半天的时间把院子整理一下，你的院子就不会是这个样子，如果你用一天的时间把你的房子修理一下，你的房子也会大为改观。如果你多费些力气种田，就能多收庄稼，你的生活就会好一些，这是命吗？"见他不吭气，墨子又说："你让孩子去上学吧，也不要交学费，三五年之内，你看看你们的命运能不能改变。"

既然这样，那个父亲也就没有理由再加以阻挡。这个少年就成了墨子的新学生。

墨子的学生有不同的类型，用他自己的话说："能谈辩者谈辩，能说书者说书，能从事者从事。"像这种交不起学费的学生，他就让他们一边学习一边劳动，半工半读。他们在劳动中也可以学习生产技术，学到谋生的本领。

墨子认为，有必要通过这件事对学生进行一次教育，使他们懂得"强力从事"的意义。

"不管什么人，也不管他干什么事，必须得强力从事。"刚说了一句，那个刚来的少年人问道：

"老师，王公大人也要强力从事吗?"

"是的，他们也要早朝晚退，断狱治政，检查下级的工作情况，丝毫不敢偷懒。因为他们知道：强必治，不强必乱；强必宁，不强必危。不仅是王公大人，就是各级官吏，也要强力从事，做好他们该管的事。因为他们知道：强必贵，不强必贱；强必荣，不强必辱。农民也必须强力从事，他们要早出晚归，耕稼树艺，多生产粮食。因为他们知道：强必富，不强必贫；强必饱，不强必饥。"墨子停了一下，看了一眼他的新学生，这个少年人深有所感地说：

"老师，我明白了，我们更应该强力从事。强，才能有饭吃，有学上。不强，除了贫穷便什么也没有。"

墨子就趁此机会向大家介绍了这个新学生，以及他家里的情况，然后他继续说：

"信有命，其患无穷。如果信有命并付诸行动，王公大人就会懒于听狱治政，各级官吏就会懒于本职工作，这样就必然会导致天下大乱。农民如果这样就会懒于耕稼树艺，那样的话，天下衣食之财就会严重匮乏，很多人就会挨饿受冻。至于你们，刚才你们这位新师弟说得很对，只有强力从事，才能改变你们贫穷的命运。"

大家都很激动，纷纷表示不信命运，要靠强力从事

创造新生活。墨子又说到那位新学生的父亲，希望大家共同努力，帮助他的父亲改变观点，帮助他们家改变命运。

2. 尚俭反奢

不信命才能强力从事，强力从事才能创造更多的社会财富，然而，如果不节俭，创造的社会财富就会被浪费掉。道理很简单，收入少而支出多，就会入不敷出，有的人就得受冻挨饿。墨子曾经说，当时的社会财富有一半被浪费掉了，如果节用，社会财富就等于增加一倍。所以，墨子一边提倡强力从事，一边提倡节用。

司马迁评价墨子的基本思想之一就是"为节用"，司马谈则称赞墨子的这一思想是"墨子之所长，虽百家弗能废"，认为墨子的节用思想是墨学的长处，是其他各个学派都无法否定的真理。

墨子提倡节俭，首先从自身做起。他自己说他对吃穿的态度是"量腹而食，度身而衣"，即有饭吃有衣穿就满足了，没有更高的要求。在他的影响下，他的学生都是"短褐之衣，藜藿之羹，朝得之而夕弗得"。穿粗布衣服，吃粗劣食物，而且经常是吃了上顿而没有下顿。他对住房的要求是："室高足以避润湿，边足以御风寒，上足以御雪霜雨露，墙高足以别男女之礼。谨此则止。"也没有更高的要求。行的方面，他主张有车坐更好，因为他出发要带许多书，没有车就步行。所以，当时人们都知道墨子和他的弟子们是苦而为义，自觉自愿地损己而利人。

然而，当时的统治者都不顾老百姓的死活，横征暴敛，把侵夺人民的衣食之财，用于无厌的享乐。统治者的奢侈腐化，深深地刺痛了墨子的心，他周游列国，劝说统治者的一个重要内容就是要他们节用。

有一次，墨子到卫国去，沿途看到很多老百姓逃荒要饭，卖儿卖女，心中非常悲伤，暗想，等见了卫国君臣，要建议他们体贴民情，为民兴利，使老百姓能够安居乐业。来到卫国的都城，他发现卫国君臣奢侈浪费的现象达到了惊人的地步。国君正征集了大批老百姓为他改造宫室，"台榭曲直之望，青黄刻镂之饰"，极尽豪华。他还听说，国君每吃一餐饭，都要几十甚至上百种菜肴，大盘小碗摆满一丈见方的台面。当时有人形容国君吃饭的情景是："目不能遍视，手不能遍操，口不能遍味"，美味佳肴多得看都看不过来，更不能每一样都尝一遍。上行下效，卫国的大小官员都竞相效仿，他们互相攀比，奢侈浪费之风越刮越盛。卫国大夫们的生活方式竟和其他国家的国君差不多，穷奢极欲，一味追求享乐。

"金樽美酒千人血，玉盘佳肴万户膏。"卫国君臣所挥霍的正是老百姓的血汗。怪不得卫国百姓都那么穷苦。

墨子首先拜访了公良桓子大夫，向他详细地介绍了古代圣王对于衣、食、住、行等各个方面的规定，他说：

"古代圣王做事的原则是：凡是增加开支而与人民无利的事，他们坚决不干。可是你们呢？"他加重了语气："我刚进你的家就发现，你家里有用文采装饰过的车数百乘，有用豆类谷物喂养的肥马数百匹，还有穿着绣花衣服的青年女子数百人。这得要多大的花费啊。"

公良桓子说："大家都这样么。"

"问题就在于卫国的君臣普遍都是这样。你想过没有？卫国是个小国，处在齐晋两个大国之间，就好像贫苦人家处在富户之间一样，眼见人家锦衣肉食的奢侈行为，不自量力硬要学样，那就是俗话所说的'骑马讨饭要紧穷'。而且你们的奢侈程度比起你们邻国的君臣，是有过之而无不及呀。可你们的老百姓呢？"他讲到了一路碰到老百姓的痛苦生活情景，"上不厌其乐，下不堪其苦，这样下去，卫国可是危在旦夕啊。"

公良桓子大夫深有感触，他请墨子和他一块儿去见卫君，说服卫君采取措施，改变卫国君臣追求奢侈生活的恶习，崇尚节俭。

3. 厚丧之害

统治者的奢侈浪费，不仅体现在衣食住行等方面，而且还体现在死后的厚葬久丧上。

所谓厚葬，就是要求对死者的丧礼要隆重丰厚，从死亡到安葬举行一系列烦琐的礼仪，修筑高大的陵墓，以无数珍宝器物随葬，甚至杀人殉葬："天子杀殉，众者

数百，寡者数十；将军大夫杀殉，众者数十，寡者数人。"真是惨无人道。

所谓久丧，要求亲属居丧致哀时间要长久，如子女对父母要服三年之丧。服丧期间，住在墓地上专为居丧所建造的小屋里，头枕土块，睡在草苫上，忍饥少食，忍寒少衣，以表示痛不欲生的孝心。

墨子所反对的，主要是统治者的厚葬，老百姓的久丧。因为统治者的厚葬，受害的是老百姓，他们挥霍浪费的财物是从老百姓那里搜刮来的衣食之财，殉葬则是直接残害老百姓的生命。当时的王公大人们一有丧事就说："棺椁必重（重叠，套棺），葬埋必厚，衣衾必多，文绣必繁，丘陇必巨。"从这五个"必"可以想到当时王公大人们厚葬的情形。1978 年，在湖北随县城关西北五里的擂鼓墩，发现战国初期曾国君主曾侯乙大墓，棺室面积一百九十多平方米，墓内出土的乐器、青铜礼器、兵器、玉器、漆竹器和竹简多达七千余件。曾国只是一个小诸侯国，其国君丧葬尚且如此豪奢，那些大国之君的厚葬就可想而知。

墨子反对久丧，主要是反对一般老百姓的久丧，因为老百姓本来就很穷，没有多少东西可陪葬，但久丧却会耽误他们劳动，会损害他们的身体，从而影响他们的生产和生活。墨子提倡节葬，目的还是为了救世济民，他始终考虑的是国计民生。

有一天，墨子去拜访一位朋友，恰巧他的这位朋友正根据所谓的丧礼"守丧"，墨子想见见他，但守门人却不让进。墨子很生气，便不顾劝阻，直入灵堂，见到了这位朋友。但朋友的样子却使他大吃一惊。数月前一个精神饱满的青年书生，现在却是面黄肌瘦，背弓腰弯，如同一个风烛残年的老人。

"你怎么弄成了这个样子？"墨子关切地问，一连问了几声，他只是啼泪满面，不能答话。再看住处是草苫铺地，土坯做枕，破衣遮身，凄苦悲凉，令人惨不忍睹。墨子急得团团转，他抓着朋友的手说："照此下去，守完三年丧，大概就该给你发丧了。"他的朋友用嘶哑而细微的声音说："我实在不愿意这样做，这个家就靠我这根柱子支撑着，我要是倒下了，这一家老小可怎么办呢？况且，发丧如抄家，原有的一点财物，几乎全部用于丧葬，以后的日子怎么过呀。请您想法救救我吧。"

朋友的诉说，引起了墨子深深的同情："这该死的丧礼，这丑恶的陋习，坑害了多少人啊。"突然，他灵机一动，"我何不趁此机会主持他家的丧事，实行新的丧葬办法呢？"他把自己的想法给朋友一说，朋友表示全力支持，于是，他把朋友家的亲属召集起来，告诉他们，古代圣王早已制定了丧葬的办法：有三件衣服就能裹住死者的尸体；三尺棺材可以让死者的骨肉烂在里面；墓穴不要挖得太深，坟冢也不要太大，只要别让尸体的气味发散出来就行了。死者安葬完了以后，活着的人也不要长久地服丧致哀，只要三天的时间就可以办完丧事，然后就可以正常地过日子。其实这是墨子的主张，他说是古代圣王的规定，无非是便于新法的推行。

"可是，"原来的那位执事说，"《丧礼》是这样规定的，我们一直都是这么做的，别人也都是这么做的。你说这样做不好，为什么大家都这么做？我们如果按照你说的新办法，人家会笑话我们的。"

墨子说："这是一种风俗习惯，是一种很不好的风俗习惯。"他想了想又说："我给你们说几件事你们就明白这个道理了。从前，越国的东边有个小国叫輆沐国，这个国家的人有个奇怪的风俗习惯，不管是谁，生下第一个孩子就活活地吃掉，他们说这样做'宜弟'。祖父死了，他们就把祖母抛弃，说是'不能和鬼的妻子住在一起'。楚国的南边有个食人国，亲属死了，就把尸体上的肉都剐下来吃了，然后把骨头埋起来，这样做才是孝子。秦国的西边有个国家叫仪渠国，这个国家里的人谁要是死了亲属，就聚集一大堆干柴，把尸体放在火上烧尽，因尸体变成烟飞上天，他们称之为'登霞'，意思是登上云霞进入天堂了。这样的风俗习惯我们认为是不仁义不道德的行为。但是，在那些国家的人看来，我们的厚葬久丧是不仁义不道德的，他们认为像他们那样做法才是对的。所以，风俗习惯也不是不可以改变的。厚葬久丧

对我们只有害处而没有任何好处，大家恐怕都有体会，我们为什么不能改变它呢?"

墨子的话正是大家心里想说而不敢说的话，特别是丧主一家更是深有感受，于是大家一致同意按墨子所说的办法去做。墨子所倡导的节葬法很受广大人民的欢迎，很快就在当地实行开了。滕州一带丧葬习俗一般都比较简约，死了人后，比较普遍的做法都是三天内埋葬，发丧也只穿三天孝服。所谓孝服，埋葬期间死人的子孙全身都穿白衣服，其余亲属只戴用白布缝的帽子。埋葬之后就很随便了，死者的子女也只是穿一双白色鞋子表示一下即可，甚至不穿孝服也不会有人觉得奇怪。据说，这种风俗习惯就是因墨子倡导而一直延续下来的。

第三章　睿智雄辩家

　　墨子很重视谈辩，所谓谈辩就是现在所说的宣传，主要形式是谈话、讲演、论辩。通过谈辩，宣传自己的主张，反驳别人的观点。

　　墨子所处的时代是个社会大变革的时代，应社会变革的需要出现了代表各阶级、各阶层利益的思想家，形成了百家争鸣的局面。各家各派为了在论辩中证明己说，驳倒论敌，都很注重对辩学的研究。辩学又称名学或名辩学，实际上就是现在所说的逻辑学。墨家对逻辑学的研究最为缜密，代表了中国当时逻辑学研究的最高水平。

　　墨家的逻辑学被后人称之为墨辩逻辑学，其理论体系是墨家学派集体思想的结晶。墨子作为这个学派的创始人，他的作用当然是

关键性的。

《墨子·小取》给"辩"明确地下定义："辩，就是要明确是非的区别，审议治乱的规律，弄清同异的所在，考察名实的道理，判明利害，释决嫌疑。要反映客观世界本来的面目，分析比较各种不同的言论。"这里特别强调的是明是去非，以利于国家的治理。这种思想也是墨子特别强调的，他在《非命下》中明确指出，演讲、辩论的目的是为"国家邑里万民刑政者也"。把论辩与国家的安危治乱、兴衰存亡联系起来，可谓高瞻远瞩。

墨子教育弟子专设"谈辩"一科，希望弟子们都能"辩乎言谈，博乎道术"，而"遍物不博，辩是非不察者，不足与游"（《修身》），要他们学识渊博，善于谈辩。如果知识浅薄，不能明察是非，就不能与之交往。他本人就是当时有名的雄辩家，他曾很自信地说："吾言足用矣！以其言非吾言者，是犹以卵投石也。尽天下之卵，其石犹是也，不可毁也。"（《贵义》）将自己的言论比喻为石头，谁要是否定他的言论，就是鸡蛋碰石头。可见墨子是何等自信。

这一章就是墨子与别人几次辩论的记录，由此我们可以看出墨子那高超的辩论艺术与语言表达能力，也可以看出他那渊博的知识、非凡的智慧以及实事求是的论辩态度。同时，我们通过辩论的内容也可以了解墨子的一些基本的思想观点。

一、捍卫兼爱说

兼爱是墨家学说的主题，是墨子十大主张的中心。墨家学派的成员将兼爱视为本学派的精神支柱，作为自己终身为之奋斗的最高理想。

兼爱又叫"爱无差等"，即主张人与人之间应不分血缘关系的亲疏和身份等级的贵贱，普遍地、平等地互相爱护。

墨子的兼爱思想和儒家思想形成了尖锐的对立，因为儒家坚持"爱有差等"，即根据亲疏贵贱施予不同程度的爱，这就是他们所谓的亲亲之爱，墨子则给它起了名字叫"别爱"，即有差别之爱。把坚持"别爱"思想的人叫"别士"、"别君"。

儒墨两家经常为此而进行激烈的辩论。略后于墨子的孟子，曾这样攻击墨子的兼爱："杨氏为我，是无君也。墨氏兼爱，是无父也。无父无君，是禽兽也。"（《孟子·滕文公下》）这句话的意思是：杨朱提倡为我主义，是目无君主。墨子主张兼爱，是目无父母。目无君主，目无父母，都是禽兽的行为。这完全是人身攻击，孟子这种不文明的谩骂战术，已遭到许多人的批评。我们由此可以看出，儒家对于墨子的兼爱说是何等的反感。在墨子兼爱说的反对派中，儒家之徒首当其冲。

1. 兼爱与别爱

墨子有个老乡，名叫巫马子，是儒家的忠实信徒。此人心直口快，常常找墨子进行辩论。这一天，他见了墨子，开门见山就说：

"听说先生主张兼爱，我不明白，你为什么要这样？"

"这个道理非常简单，为别人就像为自己，爱别人就像爱自己。《诗经》云：'无言不售，无德不报，投我以桃，报之以李。'所以，有力量的要帮助别人，有钱财的要分给别人，有知识的要教给别人。如果大家都这样做，天下就不会像现在这个样子……"

"我跟您不同，"巫马子不等墨子说完，就打断了他的话。"我不能兼爱。我爱邹国人胜过爱越国人；爱鲁国人胜过爱邹国人；爱同乡胜过爱鲁国人；爱家里人胜过爱同乡人；爱父母胜过爱家里人；爱我自己胜过爱父母。因为他们离我越来越近，打我，我会感到痛，打别人，我不感到痛。我为什么不设法去掉我的痛苦，而要设法去掉别人的痛苦？因此，我只能为了我的利益而杀别人，而不能为了别人的利益而杀自己。"

巫马子自认为他的话有理有据，有很强的逻辑力量。他用十分得意的目光看着墨子，心中暗想，看你如何反驳我。

只见墨子微微一笑，出人意料地提出了一个问题："你打算把这个意思藏在心里呢？还是要告诉别人呢？"

　　巫马子想不到回答这个问题会对他有什么不利，于是说："为什么要藏在心里？我当然要告诉别人啦。"

　　墨子说："按照你的说法，一个人可以为了自己的利益而杀别人。如果一个人喜欢你这句话，这个人就要为了他自己的利益而杀。同样，如果十个人喜欢你这句话，这十个人就要为了他们自己的利益而杀你。如果天下所有的人都喜欢你这句话，天下所有的人都会为了他们自己的利益而杀你。反过来说，如果一个人不喜欢你的话，他会因为不喜欢你的话而杀你，同样，如果十个人不喜欢你的话，这十个人会因为不喜欢你的话而杀你。如果天下所有的人都不喜欢你的话，天下所有的人都会因为不喜欢你的话而杀你。这就是说，如果真的实行你的这种反对兼爱的话，你就会被杀掉，这岂不等于自杀吗？你说这种话，并不能给你自己带来什么利益。相反，却会给你带来害处。既然说这种话对谁也不利，你为什么还要信口开河，胡说八道呢？你还是趁早收回你的话，放弃你的高论吧。"

　　听了墨子的话，巫马子像泄了气的皮球，得意的神气一扫而光。但是他还是不甘心就此认输，于是又强词夺理："你兼爱天下，没看到天下人得到什么利益，我不兼爱天下，也没有看到天下人受到什么祸患。咱们两个人都是只有动机而没有效果，你为什么偏偏说自己的话是真理，而说我的话是谬误呢？这不公平吧？"

这纯属狡辩。墨子有点生气了，但是他还是心平气和地说："假定现在有个人正在放火，另外两个人恰好在现场，某甲提着水桶，要用水去灭火。某乙则提着油桶，想火上浇油。甲、乙两人都只有动机而没有效果，你怎么评价这两个人呢？"

巫马子脱口而出："我当然赞成某甲用水灭火的动机，而反对某乙火上浇油的动机。"

"哈哈！"墨子开心地笑了，"那么，我肯定我宣传兼爱学说的动机而否定你反对兼爱学说的动机，这和你赞成用水灭火而反对火上浇油的态度是完全一致的。"

巫马子无言以对。

2. 力战群雄

通过上次辩论，巫马子弄清楚了一个事实，他根本就不是墨子的辩论对手。这使他难堪，使他痛苦，他咽不下这口气。于是，他要把反对兼爱说的人尽量召集起来，共同向墨子发难，借多数人的力量与墨子再进行一次论战。墨子欣然同意。因为，这为他宣传扩大兼爱学说的影响提供了一个很好的机会。

"先生们！"墨子首先发言，"诸位都是仁义之人，以天下为己任，志在兴天下之利，除天下之害。然而当今之世，天下最大的害是什么呢？有人说，大国侵略小国，大家族侵扰小家族，力量强的欺负力量弱的，人多的虐待人少的，狡诈的算计愚笨的，高贵的鄙视低贱的，这

都是天下之害。我认为，除此之外，还有一些现象，比如，为君者不仁，为臣者不忠，为父者不慈，为子者不孝，这也是天下之害。更有一些歹徒，以凶器、毒药、水火为工具，互相残害，还要残害一些无辜的人。如此等等，不胜枚举。为什么会出现这种现象？就是因为不实行兼爱。如果天下所有的人都实行兼爱，那么上述一些丑恶的社会现象将不复存在，这就是天下之大利。我们主张兼爱，就是要兴天下之利，除天下之害。"

墨子刚刚说到这里，某甲便迫不及待，首先发难："先生，您的兼爱好是好，可是有什么用呢？"

墨子立即回答："如果真的没有用，那么连我也要反对它。再说，世界上怎么会有好的却没有用的东西呢？为了使大家能明白这个道理，请允许我让我的学生配合我一下。"

他走进内室，过了一会儿领着一个学生走出来。只见这个学生头戴礼帽，身穿长袍，完全是儒者的装扮。墨子向大家介绍说："这位是别士，反对兼爱者。"转过身便对他说："你的朋友没饭吃，而你却是粮食满仓，把您的粮食送给你的朋友一些吧，不然他就饿死了。"这人冷冰冰地说："不给，我的粮食怎么能给别人呢？"墨子又说："你的朋友没衣服穿，你的衣服那么多，送几件给他吧，不然他就要冻死了。"他仍然冷冰冰地说："不给，我的衣服怎么能给别人呢？"墨子又说："你的朋友已经病倒了，没钱治病，你的钱那么多，给他请个大夫治治病吧。"那人还是冷冰冰地说："他病与我有什么关系，我的钱为什么要给他花呢？"墨子又说："你的朋友已经死了，没钱安葬，你帮助把他安葬了总可以吧。""不行！"他发火了，"我才不管他的事呢！"他对着那些非难者说："要我对待朋友像对待自己一样，那是绝对不可能的。要我对待朋友的父母像对待我自己的父母，那也做不到。"

这时上来一位墨子的学生，自我介绍说："我是兼士，我对待自己的朋友就像对待我自己，对待朋友的父母，就像对待自己的父母。"墨子说："我可以证明，他说的是事实，他看见朋友肚子饿就给饭吃，身上冷就给衣穿，生病了就给治疗调养，死了就帮助办理丧事。"

说到这里，墨子向后一招手，又上来一位"军人"，只见他披着铠甲，戴着头盔，他一上场就对墨子说："先生，我要奉命出征，不知是死是活，父母妻子一家老小，无人照顾，我想把他们托付给朋友，您说，我该把他们托付给这两位朋友中的哪一位呢？"墨子指着某甲说："请您问这位先生。"军人转向某甲问："先生您说，我把一家老少是托付给兼士呢，还是托付给别士呢？"某甲无奈，只好说："当然要托付给兼士。"

这时又上来一位"外交官"，一上场就对某甲说："先生，我受命出使巴、越、齐、楚等国，是否能活着回

来都不知道，我也要把一家老小托付给朋友照顾，请问，我要把他们托付给兼士呢？还是托付给别士呢？"某甲也只好说："当然要托付给兼士。"

墨子立即对某甲说："你在言论上反对兼爱，但在实际上却是选取兼爱，这是言行不一。"

某甲自知理屈，但又不甘心失败，继续狡辩说："你这是选择士，如果是国君，也能随便选择吗？"

墨子说："咱不妨再假设一位'兼君'和一位'别君'。

"'别君'经常说：'我怎么能对待老百姓就像对待我自己呢？这太不合人之常情了！人的一生没有多少年，就像白驹过隙，倏忽而过，我该尽情享受，干什么要管别人的死活。'他是这样说的也是这样做的，置老百姓的饥寒病死于不顾。

"'兼君'则经常说：'我身为国君，要先考虑老百姓，后考虑我自己。'他是这样说的，也是这样做的，把老百姓的饥寒病死经常挂在心上，帮助老百姓解决一切困难。

"再假设遇到了灾年，大批老百姓在死亡线上挣扎，在这种情况下，他们是选择兼君呢，还是选择别君呢？我想，即使他们不赞成兼爱的学说，他们也肯定会选择兼君。先生们，难道你们对这会有什么怀疑吗？"

反对派像是变成了哑巴，半天没人吭一声。某乙看形势不利，就以守为攻，退一步说："就算你说的有道理，兼爱是仁义的行为，可是在现实中能行得通吗？要实现兼爱，就像提着泰山跨越江河一样，是根本办不到的事情。"

"你这个比喻太不恰当了。"墨子把手一摆，斩钉截铁地说："提着泰山跨越江河，从古到今没有人能够做到。但是兼相爱交相利却并非如此。古代圣明的君主，如禹、汤、文王、武王，他们都亲自实行了，他们的具体做法，书上都有明确记载，先生们饱读诗书，不会不知道吧。"

某乙像是挨了当头一棒，再也没有招架之力，从此再也没敢说出一个字。某丙强打精神，再退一步说："即使办得到，恐怕也是很难的。"

"不难！"墨子仍然寸步不让，肯定地说："上行下效。只要国君和各级官长带头实行，下级和老百姓就会跟着照办。举例说吧，晋文公喜欢臣下穿粗布衣服，于是臣下竞相实行，楚灵王喜欢臣下腰细，身体苗条，于是他的臣下都拼命节食，屏着气把腰带束紧，弄得他们一个个都得挂着拐棍才能站起来，扶着墙才能走路。越王勾践喜欢战士勇敢，教练了三年还不放心，于是他故意焚烧宫船，诈称'我们越国的宝贝都在这船上！'他命令战士们去救火，并亲自擂鼓督促，战士们都争先恐后地去救火，被火烧死的、掉进水里淹死的不计其数。穿

粗布衣、节食、舍命救火，这都是很难做到的，但只要国君喜欢，他的臣下就拼命去干，不用几年，老百姓也会跟着干。兼相爱，交相利是好事，并且比刚才说的这些事容易做到。而之所以难以实行，就是因为国君和各级官长不喜欢，不带头实行，如果他们喜欢，带头实行，这还会有什么难吗？"

没想到 A 先生真的提出一个难题："你们主张兼爱，就是要爱一切人，可是你们知道世界上究竟有多少人吗？"

"不知道。"墨子老老实实地回答。

"你们连世界上人口的数量都不知道，怎么能确定要尽爱这些人呢？"

这是一个刁钻古怪的问题，但难不倒足智多谋的墨子。他是这样回答的："不知道人口的数量，并不妨碍实行兼爱。不信你们就问吧。你问一个人，我就爱一个人，你如果能把所有的人都问遍，我就能把所有的人都爱遍。可见，不知道人口数量，同样可以兼爱，这并没有什么困难。"

B 先生又提出一个难题："南方有边吗？你往南方走能走到头吗？"

"不知道。"墨子又老老实实地回答。当时人们对世界究竟有多大的问题一直没弄清楚，所以，B 先生又提出了这样一个难题。

"你们既然连南方有穷无穷的问题都弄不清楚，那么，人们是否能够穷尽它也就不能确定，人是否能够充盈南方的问题不能得到证实，人是否可以穷尽也就不知道。在这样的情况下，你们就确定人可以兼爱，岂不荒谬！"

墨子说："即使南方是无穷的，也并不妨碍兼爱的实施，关键是看人是否充盈无尽的南方。"接着他用了一个二难推理："人如果不充盈无穷的南方，则人有穷，尽爱有穷的人没有困难。人如果充盈无穷的南方，则这无穷等于被穷尽了，于是尽爱无穷的人也没有困难。所以，不管人是否充盈于无穷的南方，人都可以尽爱。"

墨子把无穷化为有穷来处理，而且使用的二难推理，将对方置于进退两难的境地。B先生的难题没有难倒墨子，而墨子反手一击，他就被难倒了。

C先生又提出另一个问题："你们主张对一切人施以平等的爱，但是有许多人，你连他居住的处所都不知道，你怎么爱他？"

墨子说："不知道某人住的处所，也不妨碍爱他，比如有的父母丢失了孩子，就到处去找，虽然他们并不知道自己的孩子在什么地方，但并不妨碍他们爱孩子，到处寻找不就是爱的表现吗？"

因为C先生的话是一个全称肯定判断，只要有一个反例，就足以驳倒他的论题。

　　至此，反对派再也没有进攻的能力。在这场辩论中，他们以气势汹汹的发难而开始，以彻底的失败而告终。通过论辩，墨子的兼爱说更放射出真理的光辉，即使在今天，兼爱说仍然具有积极的意义。

二、是非争分明

　　《庄子》中记载了这样一个故事：郑国有一个叫缓的人，到外地求学，苦读了三年书，成了一名儒士。后来，他回到家里，把他的弟弟培养成了一名墨者，于是兄弟二人便经常发生辩论，而每次总是弟弟战胜哥哥。哥哥很生气，却无计可施。又过了十年，缓对他弟弟的观点越来越不满，但又无能为力，便自杀了。

　　这个故事形象地说明：墨学是从儒学中分化出来的，墨学一经产生，便与儒学分庭抗礼。

　　据史料记载：墨子受的是儒家的教育，由于发现了儒学的弊端，便走出儒学，自创学说，自立学派。他对儒学有继承也有批判。

　　儒墨两家不仅在兼爱别爱问题上尖锐对立，在其他许多观点上也存在着明显分歧。比如：儒家亲亲，墨子尚贤；儒家繁礼，墨子节用；儒家厚丧，墨子节葬；儒家重乐，墨子非乐；儒家不讲鬼神，墨子则尊天明鬼；等等。因此，儒门弟子经常与墨子辩论。

1. 行不在服

《墨子》书中有《公孟》篇，公孟就是公明仪，是曾子的弟子，儒家忠实信徒。他经常和墨子进行辩论，《公孟》篇里就有许多关于他们辩论的记录。

他们辩论的一个主要论题是服古的问题。论辩是由两个不出名的儒门弟子引起的，我们且称呼他们儒者甲、儒者乙。

有一天，儒者甲对墨子说："君子循而不作。"意思是说，君子不论做什么事情都应该遵循前人的做法而不能创新。

墨子对这一观点极为不满，他不无嘲讽地说："孔子曰：'述而不作。'意思是只阐述先贤的学说，你可是青出于蓝而胜于蓝了。"

"过奖了，先生不以为然吗?"儒者甲也是调侃的口气。

"当然不以为然。古时候东夷族的首领羿创造了箭，夏代君主少康的儿子鷔创造了铠甲。奚仲创造了车，巧垂创造了舟。难道他们都不是君子而是小人? 再说，后人所遵循的东西，都是前人所创造的，如果凡创造者都是小人，那么，君子们所遵循的一切做法都曾是小人的做法，遵循小人的做法又怎么会是君子呢?"

儒者乙又对墨子说："君子必须穿古代的服装，说古人的语言，才称得上仁，就是具有仁德修养的人。"

墨子反驳说："所谓古人的服装、古人的语言，在他们那个时候并不是古的，而对他们来说是新的，你能说他们都不是君子而是小人吗？你说的'君子必须穿古代的服装，说古人的语言才称得上仁'，这难道不是太荒谬了吗？"

公孟子知道这件事，就亲自去找墨子。一见面，他就说明来意："我们儒家认为，君子必须穿古代的服装、说古人的语言才称得上'仁'，听说先生不以为然，今天特来请教，先生有何高见？"

墨子知道公孟是来找他论战的，但人家既然如此客气，自己也应该表现出应有的风度，于是，他像拉家常一样开口说道："商纣王的时候，他手下有个大奸臣，叫费仲，是天下有名的坏人，同时，也有两个大忠臣叫箕子、微子，他们是天下有名的圣人。他们是同时的人，使用的是相同的语言，但是却有的仁而有的不仁。所以，仁与不仁不在于古服、古言。"

"先生说的也许有道理。"公孟子知道，正面反驳墨子的观点是很困难的，他采取了迂回战术："周代的文化，包括服装、语言，是那么完美，难道我们不应该继承吗？"

"应该继承。但你的主张是法古，是要效法古代，但你要效法周代而不效法夏代，你所效法的古，还不能算古。"

公孟子张了张嘴，但终于也没能再说出一句话。

过了几天，他又来见墨子，只见他头上戴着儒家特制的大礼帽，穿着儒家的礼服，手里还拿着笏，就是古代臣下朝见君主时手中拿的那种狭长的板子。墨子因不知他葫芦里装的什么药，就不便搭言。

公孟子沉不住气了，开口问道："君子服然后行乎？其行然后服乎？"意思是：君子是穿戴好一定的服饰，然后有一定的作为呢？还是有一定的作为，然后才穿戴一定的服饰？

公孟子的这句话是一个复杂问语，里面预设了一个虚假的判断："君子或者是服然后行，或者是行然后服。"对于这个问题你不论是做出肯定的回答还是做出否定的回答，都会钻进他的圈套，承认了他所预设的那个虚假的判断。但是墨家的逻辑水平在当时遥遥领先于其他各家，公孟的这点小把戏，墨子一眼就看穿了。公孟所给的是一个二支选言判断，让墨子任选其一，但是，墨子哪一个也不选，他只是说"行不在服"，即有作为并不在于服饰，仅仅四个字，就轻而易举地破坏了公孟子精心设计的圈套。公孟子不甘心，又问："为什么行不在服？"为了使他口服心服，墨子便耐心地给他解释："从前，齐桓公戴着高高的帽子，系着宽宽的带子，腰里还佩着宝剑，就是这种服装，他把国家治理得很好。晋文公却喜欢穿粗布衣服，外套老羊皮袄，用牛皮带挂佩剑，这种

服装，他也把国家治理得很好。楚庄王则戴羊皮帽子而用丝带系着，穿着肥大的外衣，这种服装，他也照样把国家治理得很好。越王勾践，则把头发理光，用针在身上刺上花纹，根本就不讲究什么服装，他同样也把国家治理得很好。这四个有名的国君，他们的服装各异，但他们的行为却是一致的。因此我认为行不在服。"

公孟子听完，立即大声地说："先生您说得太对了！我听说过一句话叫'宿善者不祥'，意思是使好事废止不行是不吉祥的，既然您说的道理那么好，我应该马上实行，我现在就去把这身服装换掉，重新再来见您，可以吗？"

公孟子堪称谋略家，为了在论辩中胜墨子一筹，他可谓煞费苦心。他这种心悦诚服的样子完全是装出来的，其实他又耍了一个花招。他满以为给墨子灌上这碗米汤，墨子就会飘飘然，而对他放松警惕，他就可以乘虚而入，将墨子一军，但他没想到，墨子是软硬不吃，只见他冷冷地说："你如果想见，就还是这个样子见吧，如果一定要改换服装再见的话，那岂不是正好说明行在服了吗？"

这是一场绝妙的辩论，简直就像一幕轻喜剧，公孟子的狡黠，墨子的机警、老练，通过这一场辩论表现得淋漓尽致。这实际上也是一场逻辑斗智，显示了墨子的逻辑素养和高度的逻辑敏感性。

2. 君子与猪狗

鲁迅先生1934年发表过一篇历史小说《非攻》，开头一段写道：

子夏的徒弟公孙高来找墨子，已经好几回了，总是不在家，见不着。大约是第四或第五回罢，这才在门口遇见，因为公孙高刚一到，墨子也适值回家来。他们一同走进屋子里。

公孙高辞让了一通之后，眼睛看着席子的破洞，和气地问道：

"先生是主张非战的？"

"不错！"墨子说。

"那么，君子就不斗么？"

"是的！"墨子说。

"猪狗尚且要斗，何况人……。"

"唉唉，你们儒者，说话称着尧舜，做事却要学猪狗，可怜，可怜！"墨子说着，站了起来，匆匆地跑到厨下去了，一面说："你不懂我的意思。……"

鲁迅先生小说里的这个情节，就是根据《墨子·耕柱》篇里关于墨子与子夏之徒的一段论辩记录改写的。鲁迅先生给原文中的子夏之徒起了名字叫公孙高，基本情节与语言没有大的变动。

墨子主张"君子无斗"，意思是在君子仁人之间，应该相亲相爱，互助互利，而不应该互相争斗。至于对待

君子之外的人特别是坏人，墨子并不主张非斗。但不管是君子内部的非斗或君子以外的有斗，都是人与人之间的关系，决不能和猪狗之间的争斗相提并论，子夏之徒把两类完全不同的事物进行机械类比，显然是犯了逻辑错误。言必称汤文，而行则学猪狗，墨子认为这有伤人格，所以只说了一句"伤矣哉"，就不屑于再与其辩论了。这次辩论虽然很短，却很有故事性，以至于鲁迅先生稍加改动就成了生动的小说情节。

3. 明辨是非

与墨子辩论的儒家之徒，还有一个有名的人物，此人叫程繁，虽属儒家但与墨子过从甚密，曾多次与墨子辩论问题。

有一次墨子向他谈到儒家的缺点，因为程繁是较有影响的人物，且对墨子比较尊重，所以，墨子跟他谈得比较系统，这段话代表了墨子非儒的基本观点。

"儒家学说对社会最有危害性的有四条。"墨子直言不讳地说。

程子暗吃一惊，嘴里只好说："愿闻其详。"

"一是以为老天与鬼神不圣明，不尊天事鬼神；二是提倡厚葬久丧：棺材制作太讲究，发丧时，那么多送葬的人，那么多送葬物品，简直像大搬家，死后要哭三年，弄得身体虚弱，要人扶着才能站起来，要拄着拐杖才能走路，听力和视力都受到严重影响；三是用各种乐器伴奏唱歌，跳舞，把声乐作为常习的事；四是坚持命定论，认为人的寿命长短、富贵贫穷甚至国家的安危治乱都是命定的，是不可改变的。这对社会的危害性最大，君主与上级官员受这种观点的影响，就会不好好管理下级，下级官员和老百姓受这种观点影响，就会不努力做事。"

程子听完之后说："先生说得太过分了。这是诋毁儒家呀！"

墨子说："如果儒家没有这四条而我是瞎编，那么我承认是诋毁。而实际上儒家有这四条，我是如实说明，这不是诋毁，而是告闻。"

墨子认为，"诋毁"和"告闻"是两个完全不同的概念，它们有着不同的内涵和外延，明明是"告闻"，而程子偏说成是"诋毁"，这是犯了混淆概念的逻辑错误。为了照顾程子的面子，墨子没有直接指出来，但是，把这两个概念之间的区别揭示得如此明确，程子的错误也就不言自明了，所以程子无言以对，只好告辞。

又有一次，墨子在与程子辩论中称赞了孔子。程子大惑不解，说："先生向来非儒，为什么还要称赞孔子呢？"

墨子坦然地告诉他："是亦当而不可易者也。"意思是说，孔子的话也有合理而不可改变的地方。他举例说，鸟有热旱之患就向高处飞，鱼有热旱之患就向深水处游，碰到这种情况，就是大禹商汤那种聪明的人，也只能这

么干。鸟和鱼是愚蠢的，但是大禹商汤有时就得像它们那样做事。我称赞孔子难道不是很正常的吗？

是就是是，非就是非，是非是客观现实决定的，而不能以人的意志为转移，墨子的这种辩论态度与那些不顾事实而只逞口舌之辩的诡辩论者形成鲜明的对比。墨子的这种辩论态度成为墨子学派的优良传统，现在也值得我们继承发扬。

三、强辩非乐论

非乐，就是反对和谴责从事娱乐活动，主要是音乐活动。这是墨子的十大主张之一，目的是为了救世济民。

墨子生活的时代是一个战乱的时代，频繁的战争严重地破坏了生产，毁坏了许多社会财富，广大人民饥寒交迫，挣扎在死亡线上。但统治者不顾人民的死活，仍然过着骄奢淫逸的生活。为了满足自己的音乐享受，他们不惜耗费大量人力物力，给老百姓增加更大的负担。墨子非乐，正是从人民的利益出发来反对统治者的这种行为的。

但是，墨子非乐非得有点过分，他把一切音乐都视为无利于社会的消极因素，因而主张完全禁止，这显然是偏激的和片面的。

在这个问题上，墨子又和儒家的观点形成了对立。相对而言，儒家重视音乐的社会作用以及对于音乐的认识是正确的。

逻辑是工具，没有阶级性，它可以为真理服务，也可以为谬误服务。当然，墨子当时并不认为自己是错误的，但错误是客观存在，所以，他在与人辩论中有时就显得理不直气不壮，甚至有诡辩之嫌。这与他一贯的辩论态度与风格有明显区别。不过，辩论是以说服人为目的的，尤其是在先秦百家争鸣的环境中，这种现象也不足为奇。

在这个问题上墨子的主要辩论对手仍是儒家之徒。

1. "乐以为乐"

有一天，一个儒家弟子质问墨子："听说先生主张非乐，不知是何道理，难道先生以为优美音乐不能使人快乐吗？"

墨子就耐心给他解释说："我之所以非乐，并不是认为大钟、鸣鼓、琴、瑟、竽、笙等乐器的声音不能使人快乐，不是认为雕刻的花纹、各种颜色的图案不美，也不是以为高明的厨师精心烹调的山珍海味不好吃，更不是以为高台楼榭，优美的环境中的小别墅居住会不舒服。尽管这些好处我都知道，但是，考察一下为乐，上不符合于古代圣王的做事原则，下不合于广大的老百姓的利益，所以我主张非乐。"

这个儒家弟子不知深浅，毫不客气地指责墨子说："先生非乐是错误的，音乐有重要的社会作用。"

"那么你说，为什么要有音乐?"墨子也不客气了，用老师提问小学生的口气问他。

"乐以为乐也。"这位儒家弟子引用了儒家的经典中一句现成的话。这句话里面有两个"乐"字，第一个"乐"是指音乐，第二个"乐"是指快乐，欢乐，这句话的意思就是音乐的作用是为了使人快乐。但是，他没有做出明确的解释，被墨子钻了个空子。墨子立即进行反攻：

"你并没有回答我的问题。"墨子厉声说道，"如果我问：'为什么要建造房子?'你应该回答：'冬天可以避寒，夏天可以避暑，房间内室可供男女分别居住。'这才是回答'为什么要建造房子'的问题。但是，我问'为什么要有音乐?'你却回答'乐以为乐也。'这就等于我问'为什么要建造房子?'你却回答'室以为室。'这是毫无意义的同语反复。"

那位儒门弟子大概没有经历过这种辩论，墨子一番声色俱厉的训斥，使他的锐气一落千丈，他像一个犯了错误的小学生被老师严厉地批评了一顿那样，唯唯诺诺，灰溜溜地告辞了。

墨子的一个弟子一直站在他的身后，等到那个儒门弟子走后，他不解地问墨子："先生应该知道，'乐以为乐也'这句话是什么意思，你怎么能说……"

墨子笑了："这个傻小子太不懂礼貌，我只是想教训他一下，没想到他这么无能，竟连他们的'乐以为乐也'也弄不清什么意思了，可乐，可乐。这才是'乐以为乐'呢！"师徒俩放声大笑起来。

2. 少乐与无乐

程繁对于墨子的非乐也是持反对态度的，但是，他并不直接反驳墨子的非乐论，而是非常委婉地指出，墨子的非乐言论中有的不符合事实。

程子经常与墨子一起讨论这个问题，有一天，墨子说道："圣王不为乐。"他认为古代圣贤的君主都不搞音乐。只有那些荒淫无道的君主才这样干，但现在的君主几乎都是步那些无道君主的后尘，甚至是有过之而无不及。

"先生之言，与事实不合……"

不等程子说完，墨子就打断了他的话："比如齐康公，为了个人享受'乐'，竟然组织万人乐舞队，这个乐舞的名字就叫《万》。这些人如果饮食不好，就会影响面目颜色的视觉，衣服不华丽，也会影响表演效果。这些人都是青壮年男女，他们不仅不能从事生产活动，而且还要高消费。可见，王公大人们为乐，实际上是亏夺人民衣食之财，使人民本来就已贫困的生活更为贫困。这难道不是事实？"

"我承认这是事实，但是，先生说'圣王不为乐'，这句话不符合事实。古时候，诸侯们处理政务很劳累，

需要休息，听听钟鼓一类的乐器演奏；上大夫处理政务很劳累，也需要休息，就听听竽瑟一类的乐器演奏；就是农夫，春耕、夏耘、秋收、冬藏，一年四季地忙，他们也需要休息，休息时也演奏如缶之类的简单乐器。但先生却说'圣王不为乐'，这不符合事实。完全否定音乐，就像马驾车而不卸套，弓满张而不松弛，这是任何有生命的人都做不到的。"

"你说得也有道理。"墨子接着说："古时候的圣王尧舜，有个乐师叫第期，叫他演奏是为了礼仪，当然也可以使人欢乐。成汤推翻了暴君桀，自立为王，天下太平，他继承修饰了先王的乐章，又自己创作乐章，名叫《护》。周武王杀了暴君纣，自立为王，天下太平，他也继承先王的乐章，又自己创造了乐章，名叫《象》。周成王也是继承了先王的乐章，又自己创造了乐章，名叫《驺虞》。论治理天下，成王不如武王，武王不如成汤，成汤不如尧舜，但若论为乐，则正好相反，他们一个比一个继承得多，自己创作的乐章也是一个比一个更复杂，所以，谁搞的乐越复杂，谁对国家的治理就越不力。可见，为乐不利于治理天下。"

程子忍不住高声说道："先生原来说的是'圣王无乐'，刚才你所说的成汤、武王、成王作乐之例难道不是已经承认圣王有乐吗？"程子已经发现了墨子的逻辑矛盾，所以他穷追不舍，步步紧逼。

墨子被追问得实在没有办法，只好强词夺理："圣王做事的原则是：不管什么东西如果过多了，就应该尽量减少它。比如吃饭，饿了就吃饭，这是正常的，但本来不饿，已经吃饱了还要再吃，浪费了东西又对身体不利，这就是不明智。现在，王公大人们为乐已经很过分了，不设法减损反而无限制地增加，这也是不明智的。圣王虽然也搞音乐，但是搞得很少，既然搞得很少，那就等于没有。正如一个人肚子饿了知道要吃饭，如果把这也算作有知识的话，也只能算是少知，而少知也可以说是无知。同样的道理，少乐也可以说是无乐。"

墨子把"少"说成"无"，显然是偷换了概念。他平时说话很注意区分不同的概念，他把在辩论中注意区分概念的原则叫作"察类"。如果谁在和他辩论时违反了这个原则，他就会批评人家"不知类"、"不察类"，比如我们前边讲的他与程子辩论时严格区别"诋毁"与"告闻"这两个概念，就体现了他的一贯风格。但是这一次他却把"少"强调为"无"，把"少乐"等同于"无乐"，而又和"少知"等同于"无知"混为一谈，这种强词夺理的做法有悖于他一贯的原则。不过，我们也可以由此看出墨子的强辩能力。当然，这种做法现在看来是不可取的。

第四章　和平卫士

　　墨子生活的时代，是由奴隶制社会向封建制社会过渡的时期，土地由国家占有的分封制，进入到封建领主兼并的私有制，这使当时的政治斗争、经济斗争和军事斗争非常尖锐，凤鸟不出，天下大乱，诸侯反叛，刀兵四起。家与家相篡，国与国相争，大战数百，小战数千。如《春秋》所载的二百四十二年间所发生的战争："侵"六十一次，"伐"二百一十二次，"围"四十四次，"战"二十三次，"入"二十七次，"进"二次，"袭"一次。战争的结果是：灭者三十，取者十六，迁者十，弑君三十六，亡国五十二，诸侯奔走不可保其社稷者不可胜数。墨子也说过："古者天子始封诸侯万国有余，今以并国之故，万国有余皆灭。"（《墨子·非攻下》）

连绵不断的战争耗费了大量的人力、物力、财力，使大批大批的人民流离失所，甚至丧失了宝贵的生命。墨子说过："杀人多必数于万，寡必数于千，然后三里之城，七里之郭，且可得也。"（《墨子·非攻中》）孟子说："春秋无义战。"这种残酷、野蛮的战争给人民带来了深重的灾难，广大劳动人民生活在水深火热之中。

哀生民多艰，怜弱小无助，墨子要救世济民，要实现他那兼爱的政治理想，首先就必须制止战争。墨子的十大主张之一就是非攻。所谓非攻，就是反对侵略战争。他详细地考察了战争的起因，深刻分析了战争的危害，明确指出，攻伐对于战争双方都不利，并对攻伐者的各种错误思想、言论、行为进行了深刻而激烈的批驳。

墨子非攻但不非守，他反对侵略战争，却支持正义战争。现存《墨子》五十三篇，其中就有十一篇是专门研究守御战术的。据说这类著作原有二十一篇，亡佚十篇。在司马迁对墨子寥寥数语的评价中就有"善守御"的赞美之辞。墨子和墨家确是以善于守城，善于打防御战而闻名于世。"墨子善守"。"墨翟之守"后来简化为"墨守"，都是说墨子善于守城和防御。

墨子既是一个和平使者，又是一个军事家。他不仅是理论家，而且是实践家。为了制止战争，他和他的弟子们奔走、游说于即将开战的国家之间，凭着他们的智慧和勇气，制止了一次又一次即将爆发的战争。

一、阻齐伐鲁灭战火

齐鲁两个国家是周初同时分封的两个诸侯大国，齐是姜太公姜尚的封国，都营邱（今山东临淄）；鲁是周公旦的长子伯禽的封国，都奄（今山东曲阜）。两国相邻，礼尚往来，互通婚姻，关系一直很友好。至春秋时，两国关系出现波折，冲突不断，以至齐国谋杀鲁君，鲁国劫持齐君，两国反目成仇，战火越烧越旺。其实，这是那个历史时期的环境形势所决定的。到了春秋末年，齐桓台重用管仲实行变革，国力日益强盛，成为春秋霸主，而鲁国则经过国内大夫几次瓜分公室，逐渐衰弱。因此，齐国以强凌弱，不断发动侵鲁战争。周初分封时，曾授予齐国特权，可以讨伐有罪的小国，更使齐国侵鲁有了借口。鲁则处于被动挨打的境地，边境被蚕食，城池被攻掠，人民被屠杀。《墨子》中具体地描述过这种侵略场面：齐侵入到鲁国境内之后，便抢割庄稼，砍伐树木，毁坏城郭，填塞沟池，夺杀牲畜，烧毁祖庙，屠杀百姓，抢走宝器物品。因墨子是鲁国人，这种惨景很可能是他亲眼看到的。

墨子非攻的言论与行动，使他名声大振，鲁悼公曾为了对付齐国的侵略而专门问计于墨子。其实，墨子身为鲁国臣民，就是鲁君不问，他也"位卑未敢忘忧国"，为了熄灭齐鲁战火，他一直都在尽着自己的努力。

1. 召回胜绰

当时齐国军队的大将叫项子牛，他曾多次率领军队攻打鲁国。要阻止齐国对鲁国的侵犯，这是一个关键人物。

为了实现自己的政治思想，宣传自己的政治主张，墨子也曾周游列国。由于墨子的巨大影响及墨家集团的实力，各国国君也极力想和墨子搞好关系，大国国君为了捞取名誉，想拉他去做官；小国国君为了自己的国家不受攻伐，也希望得到他的帮助。齐鲁为近邻，墨子自然少不了与齐国的统治者打交道。在一次出游齐国时，墨子有意识地拜访了项子牛，并把弟子胜绰推荐给他。墨子的用意非常明显，就是为了让胜绰常在项子牛身边，做他的工作，以节制他对鲁国入侵的军事行动。

胜绰为人精明强干，善于辞令；与人交往善解人意，八面玲珑。墨子尽管对他的这种作风有点看不惯，但又觉得做项子牛的工作倒是需要这样的人。胜绰确是很能干，到齐国后很快就打开了局面，得到项子牛的信任。他的职位不断升高，拿的俸禄也越来越多。随着身份、地位、生活条件的转变，胜绰本人也发生了变化，以至于他完全忘记了老师的嘱托，忘记了墨家的宗旨与原则。他不仅没有改变项子牛，反而成了项子牛的帮凶。项子牛三次率兵侵鲁，他不但不阻止，反而助纣为虐，跟随项子牛侵入自己的国土，使鲁国受到更大损失。

　　墨子知道后，意识到自己用人失误，便派遣了另一个弟子高孙子，到齐国去召回胜绰。

　　高孙子奉师命立即赶到齐国，拜见项子牛，向项子牛转达了墨子的旨意，请项子牛辞退胜绰，由他带回去交由老师处理。项子牛当然不情愿，高孙子便对他说："将军不会不知道，我们的老师墨子主张兼爱而非攻，他老人家为了反对侵略战争，率领我们墨家弟子四处奔波，不惜流血牺牲。老师把胜绰推荐给将军，难道将军会以为是让他帮助您侵略鲁国吗？"高孙子停了一下，不等项子牛回话接着又说："当然不会。让胜绰留在你身边就是为了提醒您，不要侵略鲁国，因为战争对两国都不利。"看到项子牛不以为然的神气，高孙子马上想到了自己的任务。"当然，胜绰也许没有能力阻止您，但是，他完全可以劝告您，您不听，他可以辞职，至少他不应参与。"这时，项子牛不自觉地点了点头，似有所悟。高孙子又说："但他见利忘义，违反师命，背离本派宗旨，入侵自己的国家，杀害自己的同胞。我们老师很痛心地说，这好比让马前进，却不把马鞭打到它的屁股上，反而打在了马的前胸，适得其反。请将军想想，像胜绰这样的人，明知故犯，把金钱利益看得比道义还重要，这种人还值得您信任吗？他已经不适合再留在将军身边，请将军准许我带他回去接受老师的教诲，使他改过自新。"

　　项子牛听了高孙子这番话，十分佩服墨子的人格，

同时，他对墨家的实力也很清楚，为了胜绰而与墨家为敌，他觉得划不来。于是，他同意按墨子的意思，辞退胜绰，让高孙子带回。

2. 说服项子牛

召回胜绰，墨子原来控制项子牛的计划就算彻底失败，他决定亲自出马，去会会这头好战之牛。正在这时，墨子得到报告，齐国又在准备进攻鲁国。事不宜迟，墨子立即动身，直奔项子牛的驻地。

见到项子牛，墨子开口就说："将军，进攻鲁国，是齐国的一个极大的错误。"项子牛尽管不以为然，但作为大将，他不想表现得没有风度，于是言不由衷地说："愿先生赐教"。于是，墨子以史为鉴，给项子牛讲述了吴王夫差和晋卿智伯两个人因逞强而国破身亡的故事。

从前，吴王夫差依仗着自己国家的强盛，四面出击，征伐其他国家。先是向东攻打越国，打过三江五湖，使他们退守会稽山；又西攻楚国，占据了人家的国都，迫使楚昭王奔走于随；后又挥师北上，远征齐国，连齐国的大将图书也成为他的俘虏而被押回吴国。当时，吴军所向披靡，东方各诸侯小国没有不降服的。于是，夫差便忘乎所以。得胜回国之后，不抚恤战死者的遗属，不奖赏有功的将士，不体贴饱受战乱之苦的百姓，反而自吹自擂，自认为已天下无敌。他又劳民伤财，大兴土木，用了七年多的时间建造了姑苏台，尽情地享乐。吴国的人民则苦不堪言，怨声载道，人心离散。越王勾践战败之后，屈膝求和，但他卧薪尝胆，发愤图强。看到夫差已失去人心，他认为报仇的时机已到，首先举起反攻吴国的大旗，各诸侯国群起响应，而吴国的老百姓痛恨夫差，谁也不愿再为他效力，所以，吴国很快便土崩瓦解，吴王夫差也遭到刑戮，死后还要让天下人耻笑。这就是好攻伐者的下场。

过去，晋国有六卿，即智、中行、范、韩、赵、魏六家，其中智伯的势力最强大。他以为自己的土地广阔，人口众多，就想与诸侯抗衡，以取得盖世的"英名"和"功勋"。智伯大肆兴兵攻伐，首先战败了六卿中最弱的中行氏并占领了他的封地。这一胜利更使得智伯头脑发热，他认为自己谋略高明，实力强大，谁也不是他的对手。他又攻打范氏，果然得手，就把三家的封地合而为一。他还不肯罢手，贪得无厌，又率兵去晋阳围攻赵襄子。他一到晋阳，就激起了公愤。韩、魏二氏商量道："古人云，唇亡则齿寒。赵氏若早上亡，我们黄昏时便会蹈其覆辙；赵氏若晚上亡，我们便会在第二天早上跟他同一命运。古诗说，鱼在水中不快点游，到了陆上就来不及逃命了。"于是，韩魏便主动与赵氏联合，同心协力，动员将士，韩魏从外往里打，赵氏从里往外打，里应外合，两面夹击，智伯大败。这就是得道多助，失道寡助。攻伐兼并，不义而无道，终将灭亡。

　　最后，墨子对项子牛说："因此，大国侵略小国，实际上是自相残杀，结果终会因自己的过错而使本国受到更大的损害，这就等于搬起石头砸自己的脚。"临别时，墨子又语重心长地对项子牛说："君子不镜于水，而镜于人。镜于水，见面之容。镜于人，则知吉与凶。将军是深明大义的人，请三思而行。"

　　项子牛被墨子说辞中丰富的知识和精湛的义理所吸引，也被墨子酷爱和平、苦心救世的精神所感动。他推心置腹地对墨子说："先生之言，很有道理，但军人以服从命令为天职，如果国君有命，只怕我也不能违抗。"墨子一听，马上意识到，项子牛尚未接到进攻的命令，于是就说："将军的意思是：只要没有国君的命令，您就不会主动出兵，对吗？"项子牛只好点点头表示肯定，墨子就握住他的手，恳切地说："将军一言九鼎，我现在就去拜见太王。"

　　3. 拜见齐太公

　　齐太公田和原为齐相，公元前411年自立为王，并请求周天子批准。公元前386年，周天子批准了田和的要求，田和正式成为齐侯，称齐太王。

　　正当齐太公刚刚称王，野心勃勃地准备扩张时，墨子赶到了齐都，拜见齐太公，向他说明非攻的道理。

　　见了齐太公，墨子就打了个比方说："现在这里有一把刀，用它试着砍人头，手起刀落，人头猝然掉下，这刀可算锋利吧?"

齐太公说:"锋利。"

墨子又说:"接着用它砍许许多多人头,都同样是猝然落地,这刀更可以算是锋利了吧?"

齐太公又回答说:"锋利。"

见齐太公显出不理解的神情,墨子话题一转:"刀是锋利,可谁来承担杀人的责任呢?"

齐太公说:"刀尽管是锋利,但却不会自己杀人,试刀的人应该承担杀人的责任。"

"对!"墨子紧接着说:"贵国兼并颠覆弱小的国家,杀害无辜的百姓,谁应承担这不义的责任呢?"

齐太公一会儿低下头,一会儿又抬起头,想了好半天,才不得不承认说:"我应该承担责任。"

在这次跟齐太公的对话中,墨子尽管说得很委婉,但义正词严,使齐太公不得不承认墨子所说的道理。

墨子终于成功地阻止了齐国侵略鲁国的战争,使齐鲁两国人民免受了许多战争之苦。

二、止楚攻宋建奇功

墨子生活于一个攻伐兼并的时代。墨子一生的精力,很大一部分都用于反对这种攻伐兼并的战争。他曾多次阻止了即将爆发的战争,其中最为著名的一次就是阻止了楚国对宋国的进攻,史称"止楚攻宋"。

　　当时的楚国也像齐国一样，属于经常发动侵略战争的国家，墨子就说过："今天下好战之国，齐、晋、楚、越。"（《墨子·非攻下》）"南有楚越之王，北有齐晋之君，此皆砥砺其卒伍，以攻伐兼并。"（《墨子·节葬下》）为了觊觎中原，称霸天下，楚国曾对其北邻宋国发动过多次进攻，其中较为著名的有两次：一是楚成王时，在泓水大败宋军，连宋襄公都受了重伤；第二次是楚庄王时，楚军围攻宋都，致使城内出现"易子而食"的惨状。至楚惠王时，楚国又连续兼并了陈、蔡、杞、莒等小国，准备再一次进攻宋国，挺进中原。

　　当时楚国已充分做好了战争准备，墨子凭着他的浩然正气、大智大勇以及军事实力，终于消弭了一场即将爆发的残酷战争。这是墨子创造的一个奇迹，实在值得在人类历史上大书特书。《墨子·公输》里详细地记载了这件事的全过程。另外，战国时期的《尸子》、秦汉时期的《战国策》、《吕氏春秋》、《淮南子》等典籍中也都有记载，止楚攻宋的故事一直广为流传。

　　1. 理胜鲁班

　　出于攻伐兼并的目的，楚王四处招揽人才，其中有一位著名的工匠也被招至麾下。他叫公输般，因为本是鲁国人，所以又叫鲁般或鲁班。因为他技艺高超，后来就被历代土木工匠奉为祖师爷。

　　楚国几次攻打宋国而没有使宋国灭亡，一个重要的原因就是宋国的城墙特别高大而坚固,易守难攻。为了越过这一障碍,公输般绞尽脑汁,反复试验,终于成功地设计并制造了一种攻城的新式武器,叫云梯。因为这种梯子的高度超过了城墙,竖起来像是能碰到云端似的,所以叫云梯。用云梯攻城会使对方难以防守,所以楚王非常高兴,认为有了云梯楚兵便可以轻而易举地越过宋国那高大的城墙,攻下宋国稳操胜券。除了云梯之外,公输般还为楚国制造了撞车、飞石,连珠箭等一系列尖端武器,更使楚王坚定了攻宋的决心。

墨子听到了这个消息,便决定去楚国游说公输般和楚王,让他们放弃攻打宋国的计划。可是他也深深地知道像楚王这样好攻伐的君主不是轻易可说服的,他们的侵略野心是很难改变的。临出发之前,他经过慎重考虑,作了周密的部署。他命令大弟子禽滑厘率领本门三百多名弟子,携带着他自己所设计制造的各种守城器具,急速行军,赶赴宋国,帮助宋国守城,严阵以待。墨子自己则从鲁国出发,前往楚国的郢都。

从鲁国到楚国的郢都,有千里之遥,墨子没有车马,靠双腿步行。一路上,他翻山越岭,渡江过河,渴了就随地找点水喝,饿了就啃几口随身携带的干粮。鞋子走烂了,只好赤着脚走,脚磨破了,不断地流着鲜血,他就从衣服上撕下一块布,把脚裹上,咬着牙继续前进。经过十日十夜的艰难行程,他终于到达郢都。

公输般当时是楚王的大红人，高官厚禄，还有豪华的府第，提到他的名字，几乎无人不知，所以，墨子很容易就找到了他。

同为鲁国人，又都是著名的工匠，他们本来就是老相识。后来公输般到了楚国，与墨子没再联系，但墨子当时已是有名的"北方贤圣人"，他对墨子的情况还是有所了解的。见面之后，他并没有寒暄，直截了当地就问："先生不远千里而来，不知有何见教？"

墨子说："北方有人侮辱了我，我想请您去杀了他。"

听说请他去杀人，公输般信以为真，脸上立即流露出不高兴的神气。墨子见状，接着就说："先生不要生气，如果您帮我杀了这个人，我愿意奉赠二百两黄金作为酬劳。"

公输般说："我讲仁义，从来不杀人。"

墨子一听这话，马上显出非常感动的样子，站起来拱手一拜说："请允许我再说几句话。我在北方听说您造了云梯，要帮助楚国去攻打宋国，宋国有什么罪呢？楚国土地有余，而人口不足，牺牲其不足而争其有余，这不能算是明智。宋国并没有罪，而去攻打它，这不能算是仁义。你既然知道这个道理，却不到楚王面前去争辩，这不能算是忠贞。如果你到楚王面前争辩了，却不能说服楚王，这不能算是能力强。您口称讲仁义不杀人，但不肯杀少数人却要去杀许多的人，这不能算是知义达理。

我说的这些话，不知先生以为然否?"

墨子的话，有理有据，其强大的逻辑力量使公输般理屈词穷，他不得不点点头，表示服输。

墨子说:"既然如此，那就马上停止攻打宋国的计划吧。"

公输般说:"不行，我已经跟楚王商量定了攻打宋国的计划，楚王很快就会下达进攻的命令，恐怕不能改变了。"

墨子说:"你为什么不赶快带我去见楚王呢?"

公输般就答应带墨子去见楚王。

2. 力说楚王

墨子见到楚惠王，就开始了他的游说。他首先打了个比方说:"现在有这样一个人，不要自己的豪华马车，却想去偷邻居的破车;不要自己的锦绣衣服，却想去偷邻居的粗布短袄;不要自己的精米肉食，却要去偷邻居的糟糠茶饭。这是什么样的人呢?"

楚王说:"一定是患有偷窃病。"

墨子说:"您说得很对。楚国的地盘方圆五千里，宋国的地盘方圆五百里，这就好比豪华马车与破车;楚国的云梦大泽，犀兕麋鹿到处都是，长江汉水的鱼鳖鼋鼍富冠天下，宋国却连雉兔狐狸也没有，这就好比精米肉食与糟糠茶饭;楚国有长松、文梓、楠木、豫章，宋国却连一棵像样的大树也没有，这就好比锦绣衣服和粗布

短袄。仅从这三个方面来看，我认为楚国攻打宋国就跟那个患有偷窃病的人没有什么两样。大王您如果一定要这样做，不仅会丧失道义，并且注定要失败，为世人所耻笑。"

楚王说："你说得很好。不过，公输般已经为我造好了云梯，这次一定要把宋国攻下来。"

墨子说："您能攻，我能守，真打起来，您肯定不会得胜，不信，我就当着您的面与公输般演示一下。"

说着话，墨子就解下身上系着的腰带摆在地下围作城池，用木片、木棒作为对付攻城的器械。公输般采用一种方法去攻城，墨子就用一种方法来防守。公输般改换另一种攻城的武器，墨子也改换另一种守城的工具。公输般一连用了九种攻城的方法，墨子就用了九种守城的方法把他挫败。公输般攻城的武器用完了，墨子守城的器械还绰绰有余。墨子的守战胜了公输的攻，两人的比试就这样结束了。

这时，公输般对墨子说："我知道怎么对付你了，但是我不说。"

墨子心知其意，于是说："我知道你怎么对付我，但是我也不说。"

楚王听得很纳闷，诧异地问道："你们说的究竟是什么呀？"

墨子就如实地告诉楚王："公输般的意思，不过是想杀掉我。他认为杀了我宋国就可以攻下来了，其实他错了。我的弟子禽滑厘等三百多人，早已经按照我的部署，拿着我的守城器械，在宋国的城墙上等待着抗击楚国的敌人。你可以杀了我，但善于守城的墨家还有传人，不会断绝，宋国仍然是攻不下来的。"

楚王无奈地说："好吧，我决定不去攻打宋国了。"

一场剑拔弩张的血腥战争，就这样被墨子不用一兵一卒地平息了。这场较量既显示了墨子非凡的口才和出色的辩论技巧，也表现了墨子过硬的军事才能，同时，我们通过这场较量也可以看出墨子为了人类的和平生活而表现出来的热情、勇敢、不怕牺牲自己的崇高精神。这种精神连他的对手也被感动了。公输般最后非常诚恳地说："先生，在见到您之前，我很想把宋国攻下来，见了您之后我才知道攻打宋国是不义之举，我再也不想干这种罪恶的勾当了。"

见到公输般的转变，墨子感到由衷的高兴，他说："我们没有见面之前，你想得到宋国，现在呢，你说这是不义，就是有人把宋国奉送给你你也不会要。实际上你现在已经得到了宋国人民的心，就等于我把宋国送给你了。你现在一心为义，必将得到天下所有人的心，这又等于我把整个天下都送给你了。"

3. 避雨遭拒

墨子成功地制止了楚国攻打宋国的计划，不顾公输般

的再三挽留，简单地收拾行装，便起程赶回鲁国。

他要把这个消息告诉宋国的君臣和人民，告诉自己正在宋国守城的弟子们，让他们都放下心来，开始正常的生活。他北返的第一个目的地便是宋国。

到了宋国边界的城门，突然狂风骤起，雷声大作，随之下起了倾盆大雨。墨子的粗布衣服很快便已湿透。他赶紧跑到城门洞内，想躲避一会风雨。两个守门的兵士走过来拦住他，要检查他的通行证。

墨子当然不会有通行证，便再三向他们解释，并恳求他们说："我只是避一会雨，雨一停就走。"但是，两个兵士坚决不答应，并且严厉地呵斥他：

"赶快离开，不然的话，就把你当奸细抓起来。"

墨子很生气，觉得这两个士兵太不近人情，正想再与他们理论理论，突然想到，他曾经为宋国专门制定了守门制度，其中就有："门二人守之，非有信符不行。不从令者斩。"马上意识到这两个士兵这样做完全正确。

这时，雨越下越大，墨子用赞许的目光看了看两个士兵，向他们点了点头，便步履蹒跚地消失在狂风暴雨之中。

《墨子》中讲述完这件事之后议论说："治于神者，众人不知其功；争于明者，众人知之。"意思是，将灾祸在酝酿阶段就把它解决了，这是很神明的，但人们却不知道；而在明处进行的争斗，人们则容易看得很清楚。

这里有为墨子鸣不平之意。假如墨子是在宋国的城头上指挥守城，击退楚军的进攻，他就会成为宋国无人不知的大英雄了，这是"明争"；墨子不损一兵一卒而将战争消灭在计划之中，这是"神治"。这种"神治"当然要比尸堆如山、血流成河，以断送无数生命为代价的"明争"更值得赞扬。

是的，墨子是永远值得尊敬、值得赞扬的大英雄，止楚攻宋的故事，将会永远为热爱和平的人们所传颂。

三、三劝鲁阳文君

鲁阳文君是楚惠王时的封君，初因辞谢梁邑之封被楚惠王称赞有"仁德"，后改封邑鲁阳（今河南鲁山县）。他是楚平王的孙子，司马子期的儿子。鲁阳文君是楚国较早、较大的封君，地位显赫，对楚惠王有一定的影响。他曾向楚惠王进言，赞颂墨子是"北方贤圣人"，劝惠王礼遇墨子，并把墨子迎到鲁阳，待以贵宾之礼。墨子也借机向他游说，宣传自己的政治主张。后来二人交往甚多。

墨子止楚攻宋，制止了那一次侵略战争，但是，楚国是好攻伐之国，楚王是好攻伐之君，他们的侵略本性可不是轻易可改变的，兼并、扩张、入主中原，这是他们的大政方针。鲁阳文君作为楚国统治集团的重要成员，他和楚王的利益是一致的，基本的立场观点也是相同的。

当时，在宋国和郑国之间有一片没有开垦的空地称之为"闲邑"，实际上是郑国的领土。楚国很想据为己有。鲁阳文君的封邑跟宋、郑两国为邻，要侵占宋、郑之间的这块土地，鲁阳文君自然是合适的人选。对于鲁阳文君来说，侵占这片土地就扩大了他自己的地盘，同时为下一步攻打宋国创造了条件。墨子听到此事后，就去劝阻鲁阳文君。

1. 童子之为马

墨子赶到鲁阳，见到鲁阳文君，开口就说"大国攻打小国，就像是童子之为马"。鲁阳文君不明白，就请墨子给以具体解释。

"小孩子拿着根木棒当马骑，他只是想象着在骑马奔跑，实际上是他用自己的腿在跑，等他骑完'马'，心理上得到了满足，但是他自己却已经累得疲惫不堪。

"大国攻打小国，就像小孩子骑'马'一样，受累的是自己。战争一旦打起来，被攻打的小国，要保卫自己的国家，抵抗侵略者，必然是农民不得不停止耕种，妇女不得不停止纺织，因为战争而影响了生产活动。同样，攻打别人的国家也必然是农民不得不停止耕种，妇女不得不停止纺织，因为战争而影响生产活动。不种地吃什么？不纺织穿什么？没有吃的和穿的，就会挨饿受冻。被侵略的国家如此，侵略别人的国家也同样如此，同样是劳民伤财，这不正如童子之为马，受累的是自己吗？"

鲁阳文君被墨子说得哑口无言，只好答应墨子放弃攻郑的计划。

2. 偷面饼

过了一段时间，鲁阳文君旧病复发，又要攻打郑国。墨子听到消息，便又去拜见鲁阳文君，再次对他进行劝阻。

这一次，他又打了个比方："有这么一个人，家里放着许许多多吃也吃不完的牛、羊、猪、狗，可是他看见人家吃的面饼，就千方百计地偷来吃，认为这样可以省自己家里的食物，你说这个人是由于穷呢还是由于有了偷窃病呢？"

鲁阳文君回答说："是由于有偷窃病。"

墨子接着又说："楚国四境之内，还有广阔的没有开垦的土地，仅管理川泽山林的官吏就有数千人。可是看到宋郑两国之间有一片空地，便要去占领，据为己有，这与那个偷面饼的人有什么区别呢？"

鲁阳文君老老实实地回答说："是没有什么不同，和那个偷面饼的人一样，有偷窃病了。"

考虑到鲁阳文君平时常讲仁义道德，素有仁德之名，这次想搞侵略除了自身利益的诱使外，大概还受到楚王这样的好攻伐之君侵略理论的影响，因此，墨子又启发鲁阳文君说：

"世俗的君子，知小而不知大，小事明白大事糊涂。

比如有这么一个人，偷了人家一只狗一只猪，就被称为'不义'；如果侵占了一个国家，一座都城，却被称作'义'，这就如同看见了一点白就是白，但看见了大片大片的白则说是黑一样。"

鲁阳文君若有所悟地说："这就是明于小而不明于大的糊涂逻辑。"

墨子接着说："一些好攻伐的大国，经常把攻伐掠夺的坏事当好事来宣扬。他们侵入邻国，屠杀百姓，夺走牛、马、粮食以及一切财物，并把这种野蛮的侵略行为写进书本里，刻在金石上，传给后世子孙，说：'没有人比我的战果多。'其实，大事和小事是一个道理，不知你想过没有。"

鲁阳文君确实是没想过这个道理，他有点茫然，就请求说："请先生说明白。"

墨子便说："这很简单，如果那些下层贫贱之人，也像那些攻伐大国一样，打入邻居家里，杀人放火，掠夺人家的牲畜、粮食、衣物等财产，而且他也把这种行为作为光辉业绩写在竹简锦帛上，刻在金石上，铸在钟鼎上，以传给后世子孙，说'没有人比我的战果多'，他这样做，肯定会遭到大家的耻笑，你说对吗？"

鲁阳文君终于明白了这个道理，他说："先生所言极是，我现在按照先生所说的道理看，那么，天下许多所谓可行的，却未必就是对的了。"

鲁阳文君这次又被说服了。

3. 帮助别人打儿子

几年之后，郑国发生了内乱，又遇到了天灾，鲁阳文君认为这是千载难逢的好机会，便又开始准备伐郑，并且，他也为伐郑找到了堂而皇之的借口。

正如鲁阳文君所预料的，墨子一听到消息，便又立即赶来劝阻。"现在假如在您的封地之内，大城市攻伐小城市，大家族攻伐小家族，肆意杀人，掠夺牛马猪狗布帛粮食等财物，您打算怎么办呢？"

鲁阳文君说："在我的封地之内，都是我的臣民，如果城市与城市、家族与家族之间互相攻伐掠杀，我一定要重重惩罚那些不义的攻伐者。"

墨子说："上天领有天下，就像您领有封地。您要发兵去攻打郑国，恐怕也会遭受天的惩罚，落得个天诛地灭的结局。"

古人迷信，对天有着十分虔诚的尊崇，天的诛罚令人畏惧，而天诛地灭更是可怕的结局。墨子经常用这种办法吓唬那些为非作歹的统治者。但墨子的这番话却并没有打动鲁阳文君，更没有使他回心转意，因为，鲁阳文君认为，他这次攻打郑国是合乎天意的，他是在替天行道，代替天行使诛罚大权。于是，他对墨子进行驳难说："先生何必阻止我攻打郑国呢？我这次攻打郑国，正是顺应了天意，郑人三代杀害他们自己的君主，遭到上天的惩罚，使他们连续三年收成不好，我是帮助上天对他们加以诛罚啊。"

墨子说："郑人杀害君主的不义行为已经得到上天足够的惩罚，现在您又要发兵攻打郑国，还说什么是顺应天意，这分明是寻找借口，谋取私利。比如说，有一个人，他的儿子强横凶暴，干了许多坏事，于是，做父亲的就用鞭子打儿子。邻居家一位做父亲的见状，就拿起木棍也来打这个儿子，一边打一边说：'我打他是顺从他父亲的意志。'这岂不是很荒谬吗？"

鲁阳文君无言以对，但又不甘心就此认输，于是话题一转，谈起了夷人食其子的坏风俗："在楚国南面有个有吃人风俗的国家叫桥国。在这个国家里，长子一出生就被杀死吃掉，他们说这是'宜弟'。如果味道鲜美，就送给国君吃，国君高兴了就奖赏孩子的父亲。难道这不是极其恶劣的风俗吗？"

鲁阳文君转移论题的把戏当然糊弄不了墨子。墨子紧接着他的话题说："不要说夷人，就是中原各国的风俗也有这种情形，杀死孩子的父亲，我是说，逼着人家去战死，然后再假惺惺地奖励孩子，这与吃了人家的孩子而后奖赏孩子的父亲有什么区别呢？"最后，墨子一针见血地批评鲁阳文君："如果你自己的行为不仁不义，还有什么资格去指责夷人吃自己孩子的风俗卑劣呢？"

在墨子的再三劝说下，鲁阳文君终于认识了自己的

错误，听取了墨子的意见，放弃了攻打郑国的计划。

　　墨子一次次成功地劝阻了鲁阳文君将要发动的侵略战争，为保卫和平的事业做出了贡献。

第五章　治国英才

先秦诸子百家，没有一家不重视政治问题，百家之言，无不归于政治。道家主张无为，但最终还是落脚于无为而治，并称为世之显学的儒、墨两家，更是以积极的入世精神而闻名。他们都把兴邦治国、救世济民作为最高目标，因此，他们的思想言论很多都是治国方略。

墨子的治国方略主要体现在他十大主张中的尚贤、尚同中。

墨子说：尚贤是"为政之本"，就是治理国家的根本问题。所谓"尚贤"，就是任用贤能。"尚"即崇尚，"贤"即贤人，指才能、德行都好的人。用墨子的话说，贤人就是"贤良之士"，是"厚乎德行，辩乎言谈，博乎道术者"，是有道德的"仁人"和能说会

道、知识渊博的"智慧者"。

墨子认为贤人是国家的宝贵财富，是社稷的栋梁之材。一个国家的贤良之士多，这个国家就能治理好，贤良之士少了，这个国家就治理不好。所以，一个国家的当务之急是选拔、任用大批贤人，他建议用种种办法来鼓励、提拔众多贤者，这叫作"进贤"。然后根据其能力加以提拔重用，这叫作"使能"。

他明确指出："官无常贵，而民无终贱，有能则举之，无能则下之。"有能力的随时提拔，没有能力的，则随时撤免。"不党父兄，不偏富贵，不嬖颜色。"在提拔官吏的时候，不能考虑血缘关系、富贵贫贱、长相美丑，标准是有能。"虽在农与工肆之人，有能则举之。"墨子的这些主张，反映了农民、手工业者和商人要求提高自己的政治地位，参与国家管理的强烈愿望。

尚同是尚贤说的引申。"同"指同一或统一，"尚同"就是崇尚同一。墨子极力主张把贤人政治推广到全国，让德才兼备的贤人从事国家的各级管理工作。"丝缕之有纪，网罟之有纲"，国家的行政管理应该由贤人用仁义来统一，这就像抓住丝缕和网罟的纲纪一样，纲举目张。因此从天子到各级官吏，都选择贤人来担任，他们必须以身作则，以推行仁义为己任。然后上行下效，下边学着上边的样子做。为了更有效地实行这种统一，还要经常地运用批评、表扬、奖励、处罚等方法，即运用道德评价、行政和法律的手段，维护政权的良性运转机制。

　　为了推行他的这一套政治主张，墨子及其弟子们周游列国，向各国的国君们游说，他本人和他的弟子们也都在极力寻找机会掌握一定权力，利用权力来推行其主张。然而，当时历史潮流是地主阶级已经占了统治地位，正处于上升时期，墨家学说是代表"农与工肆之人"利益的，他们的政治主张必然不会被统治者所采纳，他们的政治命运也必然是个历史的悲剧。

一、论国事答鲁君问

　　随着墨子的影响不断增大，名气不断提高，他越来越受到鲁国国君的重视。鲁君经常把他召进宫中，询问一些经邦治国的问题，甚至对一些重大的国家事务的处理，也常常先征求他的意见。

　　开始的时候，鲁君只是向他垂询一些一般性的问题："先生是国内外闻名的贤圣人，寡人久闻大名，今特请先生来讲讲治国之道，愿先生不吝赐教。"

　　墨子首先把他的尚贤尚同的政治主张作了概略介绍，然后强调，全国统一的贤人政治可以使上下通情，提高国家机关的办事效率。他说："数千万里以外，有人干了好事，他家里的人有的还不知道，他乡里的人有的还没有听说，但天子却知道了并给予了奖赏。数千万里之外，有人干了坏事，他家里的人有的还不知道，他乡里的人

有的还没听说，但天子却知道了，并且给予了惩罚。所以，老百姓都说，天子真是神啊。这样一来，他们就会干好事，不敢干坏事。"

鲁君说："天子本来就是神嘛。"

墨子说："不，天子并不是神，老百姓说天子'神'，是因为天子办事像神那么英明，出人意料。然而，天子之所以办事英明，是因为他能利用别人，使别人的耳朵、眼睛帮助自己视听；使别人的喉舌帮助自己言谈；使别人的大脑帮助自己思考问题；使别人的四肢帮助自己干事。帮助自己视听的越多，自己看到的、听到的范围就越大；帮助自己言谈的越多，自己的思想、主张也就传播得越远；帮助自己思考问题的越多，自己就会多谋善断。帮助自己干事的多，自己办事的效率就会高。不管是谁，智能都是有限的，天子应该利用众人的智能以弥补个人智能的不足。俗话说，一目之视不如二目之明，一耳之听不如二耳之聪，一手之操不如二手之强。"

"先生言之有理，就如我们鲁国，朝廷和地方各级官吏，都是我的手足耳目，他们都在帮助我听，帮助我看，帮助我干事情，不然我怎么能忙得过来呢?"

"不光需要有人帮着干，而且这些人应该是贤人，要有德有才，德才兼备。现在有些王公大人，不知道举用贤人，这真是不可思议。有一件衣服需要做，他们一定要找好裁缝，有一只牛羊需要杀，他们一定要找好屠夫，有一匹马生病需要医治，一定要找好兽医，有一张弓有毛病，一定要找好工匠。可是国家需要治理，他们却只任用自己的骨肉之亲、大家贵族、长相漂亮的人。做衣服、杀牛羊、医马、修弓这些事情为什么不找这些人呢？因为他们知道，这些人做这种事不内行，干不好会造成损失。同样，这些人对于治国也不一定是内行，让他们治国损失更大。"鲁君没有说话，他在暗想墨子所说的这些王公大人会不会也包括他在内。

尽管鲁君对墨子的一些话听着不那么顺耳，但是，墨子那渊博的学识、深邃的思想和精湛的语言表达艺术，尤其是他那高尚的人格力量，都使他耳目一新，也使他对墨子产生了敬意，不久，他又把墨子召进宫来。

这一次，他开门见山，向墨子请教他最为关心的一个问题：

"先生知道，我们的邻邦齐国，依仗着力量强大，经常地挑起事端，侵略我们的国土，掠夺我们的人民和财物，寡人现在最担心的就是这件事。请问先生，怎样才能解除这种危机，使齐国不敢侵略我国？"

"以史为鉴，让我们先回顾一下历史。"墨子慢慢地说，"夏、商、周三代的圣王禹、汤、文、武，都是封地仅有百里的小诸侯，但是他们依靠仁义而取得了天下。这三个朝代的暴君桀、纣、幽、厉，都是因为他们不仁义的残暴行为而失去了天下。所以，君主只有依靠仁义，

才能使齐国不敢贸然进犯，使我们的国家长治久安。"

鲁君说："请先生说具体一些。"

"我希望君主您对上尊天，敬事鬼神，对下要爱护百姓，多做有利于百姓的事，使全国的人民都拥护您，愿意与您同心协力，抵抗侵略，保卫国家。一旦发生战争，就要动员全民参战，利用全国的力量，打击侵略者。当然，最好是阻止战争的发生，所以，请君主准备一些丰厚的礼物，如各种珍贵的皮毛、金钱等，派一些善于辞令的外交官带着礼物去拜见各国诸侯，辞令要谦恭，态度要诚恳，争取各国君主的同情与支持。这样，齐国顾虑我国的顽强抵抗和诸侯的压力，就不敢轻举妄动。"墨子说到这里，看了看鲁君说："不知君主以为如何？"

鲁君说："先生说得很有道理，我马上就照先生说的去做。旁观者清，先生以为寡人治国如何？以鲁国现在的情况，有没有被齐国吞掉的可能？"

"肯定不会。"墨子说，"一个国家面临灭亡，必然会有明显的征象。"接着他向鲁君具体地谈论了亡国的七种征象，墨子把这七种征象称之为七患：

其一，城池未能修好，却动用大批人力物力去修筑宫殿。因为城池是国家安全的屏障，宫殿则是君主淫乐之窝巢，身为一国之主，如果不关心百姓痛痒，置江山社稷安危于不顾，而一味追求骄奢淫逸的寄生虫生活，国家必然祸患无穷。

其二，敌国军队入侵，而四方邻国不愿救援。平日不与人为善，结交朋友，受难之际自然就无人相助。做人如此，治国也是同样道理。

其三，耗尽民力去做无用的事，铺张浪费使国库空虚，赏赐无能之人。于国家于百姓都无用的事，往往就是有利于君主享乐的事。集财力物力于个人身上，国力必然衰竭。赏赐无能之人，则使有能之士寒心。赏罚不明，不能调动臣下的积极性，长此以往，国家机器就不能正常转动。

其四，当官的只求保住俸禄，游学未仕之人只顾结党营私，国君制定了刑法以惩罚臣下，臣下害怕犯错误而受到惩罚就不敢直言。做官的最常犯的毛病就是明哲保身，官越当越大，而为国为民的思想日益减少，为己为私的思想却日益增多。知识分子不能肩负起天下兴亡的责任，不能为治理国家献计献策，却只顾结党营私。当官的掌握着国家权力，知识分子是国家的思想宝库，如果这两种人不能为国尽力，国家就会出现危机。

其五，国君自以为神圣聪明而不问政事，自以为国家安定强盛而无防备，邻国已在图谋攻伐而自己却毫无抵御的打算。因为国君是一国之中职位最高、权力最大的人，他们听惯了阿谀奉承、吹吹拍拍之类的话，时间一长便飘飘然，把臣下别有用心的话全部信以为真，高高在上，自以为是，不了解实际情况，主观武断地决策，

必然会给国家带来灾难。

其六，国君信任的人并非忠良，而忠良却不被国君信任。忠良之臣一心只考虑国家人民的利益而无暇他顾，奸佞之徒的精力却只用于钩心斗角，谋取私利。忠奸之间免不了斗争，而忠奸之斗，往往是奸臣占上风而忠臣受打击、遭迫害。奸臣当道，国无宁日。

其七，食物匮乏，大臣不堪使命，赏赐不能使人高兴，责罚不能使人畏惧。赏罚是国家治理的主要手段，赏罚分明、合理可以起到鼓舞正气、打击歪风邪气、规范人们行为的作用，从而树立良好的社会风气。倘若该赏的不赏，该罚的不罚，甚至赏罚颠倒，则会使人们的行为失衡，搞得人心惶乱，以至影响国家安危。

最后，墨子总结说："以七患居国，必无社稷；以七患守城，敌至国倾。七患之所当，国必有殃。"（《墨子·七患》）

这一席话，使鲁君受到很大震动："先生之言，发聋振聩，寡人当作为警钟。"停了一会，他又说："还有一件事，想听听先生的高见。我有两个儿子，一个爱好学习，一个喜欢将财物分给别人，他们两个人中，谁可以立为太子呢？"

"根据您所提供的情况，还不能确定谁能为太子。因为他们这样干也许是别有用心；或者是为了得到奖赏，或者是为了沽名钓誉。君主见过钓鱼的情景，钓鱼的人弓着身子，并不是对鱼表示恭敬。君主要决定这种事情，应该以志功为辨，把他们的动机和效果结合起来进行考察，然后再决定，谁可以立为太子。"

鲁君听了，不置可否地又说了两句无关紧要的话，会谈就结束了。

二、道不行不受楚封

公元前 439 年，也就是墨子止楚攻宋的次年，恰逢楚惠王在位五十周年，墨子决定到楚国去游说一次。

墨子想，去年楚国已经做好各方面的准备，只等一声令下就进攻宋国，在那种情况下，凭我墨翟一番劝说，就使楚王改变了原来的计划，避免了一场大规模的战争，这说明楚惠王还是通情达理的，对于我的一些基本主张还是赞成的。况且，有了上一次的交往，双方都给对方留下了深刻的印象，彼此都有了比较深入的了解。我何不趁此机会去见楚王，劝他采纳我的学说？楚国是一个大国，很有实力，如果我的政治主张能在楚国得以实施，那将会使天下形势发生极大的变化。

他把自己的想法告诉弟子们，弟子们也都很赞同。大弟子禽滑厘说："今年是楚惠王在位五十周年，楚国肯定要举行庆祝活动，我们在这个时候去表示祝贺，名正言顺。不过，应该送点什么礼物呢？"

墨子说："把我的书送给他一部就行。送其他的东西

他也不稀罕，也没有什么意义。"

墨子和他的弟子们满怀希望，兴致勃勃地由鲁国出发赶到了楚国的郢都，向楚王献上了自己的著作。

楚王读了墨子的书之后，对墨子说："您的大作很好，我虽然不能够取得天下，但是我很乐意奉养天下贤人。请您留在楚国，做我的国师。每年进俸一百钟，这就委屈你这位大贤人了。"

听楚王这么一说，墨子马上就明白了，楚国并不准备采纳自己的学说。给一个类似"国师"名义的虚衔，让自己留在楚国，只不过为了表示他楚惠王尊贤爱才，而把我墨翟当成了沽名钓誉的诱饵。这是墨子决不能接受的。既然在楚国待下去也达不到自己的目的，墨子就决定辞行。于是他对楚王说："我听说，道理不被实行，便不接受赏赐；仁义的学说不被听取，便不留在朝廷。现在，我书中的主张您既然不准备采用，那还是让我回到鲁国去吧。"

楚王知道墨子决心辞去，便推说自己老了，行动不方便，差穆贺作代表，为墨子饯行。

穆贺见了墨子，交谈间，墨子又借机向穆贺宣传自己的学说。他把自己书中的精义，简略地向穆贺作了介绍，穆贺听得手舞足蹈。他对墨子的学说大加赞赏，佩服得五体投地，也为楚惠王不予采纳而深表遗憾。他非常惋惜地对墨子说：

"你的大作真是好极了，但是君王是天下的大王，他也许认为您的学说是贱人之所为，所以不能采纳吧。"

墨子义正词严地说："是的，我出身下层，现在也是平民百姓，也就是你们所说的贱人。但是，一种学说好不好，该不该采纳，与提出这种学说的人的身份有什么关系呢？如果认为一种学说是好的，可行的，就应该采纳，而不要管是谁提出来的。譬如草药，即使是一把草根，天子吃了它能治好自己的病，难道能说因为是草根而不吃它吗？农夫缴纳粮食给贵族大人，贵族大人用它酿美酒，做祭品，用来祭祀上天鬼神，贵族大人难道会因为是贱人种的而不享用吗？我虽是贱人，难道我的学说还不如一袋粮食、一服草药吗？"

穆贺有些尴尬，他说："先生您别生气，我可以把您的意思转告楚王。"

墨子说："古代有作为的圣王，没有一个因为贤人出身贫贱而不提拔重用的。"他向穆贺讲了几个古代圣王提拔重用贫贱出身的贤人的故事。

古时的舜是一个出身贫贱的农民，在历山耕种田地，在河边制造陶器，在雷泽的水中捕鱼，自食其力。但是他那高尚的道德和超群的才能却深受人民的推崇。尧帝正在为选择继承王位的接班人而忧虑，恰好在服泽的北面见到了舜，他就决定舜为接班人，先举用舜在服泽之阳管理政事。经过三年考察，便拔举舜为天子，接管天

下政事，治理天下百姓，举国上下的人民心悦诚服。

　　舜帝死后，大禹继位。大禹在治水过程中发现了伯益的才能，然而，伯益只是一个出生于猎户之家的"猎人"，善于畜牧和狩猎。大禹也没有嫌弃他是个贱人，而是尚贤使能，选定伯益为继承人，在阴方这个地方举用了伯益，把全国的政事交给他来处理。伯益管理得井井有条，全国安定祥和。

　　西周时期的泰颠、闳夭，原来也是在山林中捕猎为生，生活艰难困苦，他们也是贱人，周文王却发现他们两位是贤德的人才，就任命他们为大臣，让他们辅佐自己。他们两人果然不负文王厚望，为使西土安定立下了赫赫功绩，后来又辅助武王建立了西周王朝。

　　殷代的著名贤臣傅说，原来也是一般老百姓，当然也是贱人，他穿着粗布衣裳，身上带着绳索在傅岩作雇工修筑城墙，殷高宗武丁访贤遇到了他，举用他做了三公，接掌天下政事，治理天下，使国威大振，受到了人民的普遍赞颂。

　　穆贺说："听了先生这番话，受益匪浅，原来我对这些事也略有所知，但没有想得这么深刻，国家选举任用人才，就应该像这些古圣王那样，不分贵贱，唯才是举。"

　　墨子说："作为一个英明的君主，不仅善于选拔任用贤才，而且还要尊重他们，信任他们，给他们权力，让

他们大胆地工作，这样才能使他们的才智得到充分发挥。"接着他又讲了商汤拜访伊尹的故事。

商朝的开国之君商汤，一天去拜访了一个名叫伊尹的人。伊尹是个奴隶，是汤与有莘氏通婚时一个陪嫁的厨师。汤王独具慧眼，发现他是个人才，就专程前去拜访他。汤王让一个姓彭的小伙子为自己赶车，走在半路上，小伙子问："您要到哪里去？"

汤王说："我想去拜访伊尹。"

小伙子说："伊尹是个奴隶，是天下最贱的贱人，您是一国之君，如果您想见他，叫人去把他叫来，他就会感到受了很大的恩赐，您何必亲自去看他呢？"

汤王说："你不懂我的道理，你的话说得不对。好比一服药，吃了能使人耳朵加倍灵敏，眼睛加倍明亮，我就会非常高兴地去吃这服药。现在，伊尹对于我们的国家，就像良医善药一样，你不愿意让我去拜访伊尹，就等于不让我吃那服好药。"说完，他叫小伙子立即下车，不用他赶车了。直到小伙子承认了错误，请求原谅，汤王才让他继续赶车。

后来，汤王任用伊尹执政，一举消灭了夏桀，建立了商王朝。

墨子苦口婆心，不厌其烦地向穆贺讲了这么多道理，当然是为了让穆贺了解自己的学说和思想。另外，他还对楚王抱有幻想，希望穆贺能说服楚王效法古圣王，采

纳自己的学说。然而，他并没有意识到，他的学说代表了平民的利益，而当时的统治者却根本不考虑平民的死活。他在书中尖锐地批判统治者不顾百姓疾苦，只顾自己享乐，也只会引起统治者的反感。所以，墨子的学说在当时不可能被统治者所采纳，他的愿望也只能是一种美好的幻想。

当时楚国有一位颇有权势的地方封君鲁阳文君。他曾多次聆听过墨子的游说，对墨子颇为钦佩。知道这件事之后，他觉得楚王对墨子过于怠慢了，于是立即赶去见楚王。他对楚王说："墨子是天下闻名的北方贤圣人，这次专程来献书，而您却不给以礼遇，未免有失士之嫌。这件事传扬出去，岂不叫天下归附者寒心吗?"

春秋战国时代的士即读书人特别活跃，诸侯纷争，为士阶层提供了表现机会。各国统治者都清醒地认识到，人才在竞争中起着重要作用，稍有政治头脑的统治者都对人才特别重视。所以，在当时的士人中，朝为布衣而夕为卿相者不乏其例。楚王听鲁阳文君一说，马上意识到自己的过失，因为墨子在当时的影响几乎没有人能与之相比，如果他冷淡墨子的事一旦传开去，将对楚国招揽人才极为不利。他立即让鲁阳文君去追回墨子，并许诺以方圆五百里的土地封给墨子。

战国时期的封君拥有在封邑内征收租税的权力和其他许多特权，因而他们常常是各国有权势和富有的人物。

但是楚王的分封许诺，并没有动摇墨子的原则立场，他清楚地知道楚王这样做并不是为了采用他的学说，于是他毫不犹豫地拒绝了。

与拒楚之封相类似，墨子还拒绝过越王的分封。

有一次，墨子派弟子公尚过游说越王。公尚过在游说越王时极力赞颂老师墨子，越王听了公尚过的演说，十分高兴，墨子的名望对他来说早已如雷贯耳，他很想利用墨子"北方贤圣人"的名誉为自己装潢门面，于是他对公尚过说："你如果能请你的老师墨子亲自到越国来，寡人愿意把以前吴国的旧地五百里封给他。"公尚过听到越王给这么优惠的待遇，非常高兴，便一口答应下来。

越王特地为公尚过备车五十乘，请公尚过专程去鲁国迎接墨子。

公尚过带着迎接墨子的大队人马赶回鲁国，他自己也感觉到异常风光。见了墨子，他很得意地向墨子转达了越王的旨意，满以为墨子会非常愉快地接受越王之请，立即随着迎接他的车队赴越。但是，使他感到意外的是，墨子并没有显出高兴的神色，而是很冷静地问他：

"你看越王能听我的话，采用我的学说吗？"

公尚过没想到墨子会提出这样一个问题，他迟迟疑疑地说："恐怕不一定吧。"

"不仅越王不懂我的心意，就连你也没有真正弄懂我

的志向。"墨子的语气显然带有指责的意味。"如果越王能听我的话，采纳我的学说，那么，只要有饭吃、有衣穿，跟其他大臣享受同样待遇就可以了，何必要给我如此分封殊荣；如果越王不听我的话，不采纳我的学说，而只是要我接受分封，这不是让我出卖自己的名义吗？我要是肯出卖我的名义，早在中国（即中原地区）就出卖了，何必等到现在去卖给越国？"

墨子的这一席话，不仅义正词严地拒绝了越国的分封，而且进一步表明了自己决不用原则做交易的坚定立场。

这件事使公尚过受到很大震动。他对墨子的思想感情，道德品质，甚至墨子的言语行动都更为钦佩，他觉得他的老师，俨然似一座高峻的山峰矗立在自己的面前，自己要攀上这座高峰，还要付出巨大的努力。

三、为大夫被囚于宋

墨氏是宋国的宗族，墨子一直与宋国保持着密切的联系。墨子聚徒讲学后，经常推荐弟子到宋国参与政事。宋君对墨子也特别尊重，墨子推荐的弟子，都能给予妥善的安排。曹公子就是其中一个。

曹公子被推荐到宋国之后，宋君立即给以高官厚禄，不久他就有了许多家财。三年之后，曹公子回到鲁国向墨子汇报在宋国的情况时就曾说："今而以夫子之故，所

得之财多，家厚于始也。"墨子则因为他"处高爵禄而不
让贤"，"多财而不以分贫"，把他狠狠地批评了一顿。

对老师的批评，曹公子口服心服，回到宋国后就按
照老师的教导去做，结果他的威信更高，进一步得到了
宋君的信任。

墨子献书楚王遭到冷遇，拒绝了楚国与越国的分封
之后，便在鲁国继续讲学。曹公子知道这些情况，便向
宋君建议请墨子到宋国从政。

宋君对墨子仰慕已久，特别是止楚攻宋之事，更使
宋君感恩戴德，视墨子为神明。听到曹公子所说的情况，
宋君感到这是一个很好的机会，于是任命曹公子为全权
代表，去鲁国向墨子转达宋君的旨意，恳请墨子赴宋国
辅政。

考虑到和宋国的友好关系以及宋君的一片诚意，墨
子欣然同意了宋君的邀请，和曹公子一道赶回宋国。

宋君见了墨子特别高兴，他说："先生能在宋国，使
寡人得以随时请教，实乃寡人之幸矣，宋国之幸矣。请
先生暂时屈居大夫之职，以后再另作安排。"

墨子所关注的是是否采用他的学说，至于官位的高
低、俸禄的厚薄他并不计较，何况，大夫之职也算是很
高的官位了。

墨子任职不久就发现，宋国朝廷内部存在着严重的
危机，这使他感到非常不安。

当时，戴欢为大宰，是主要执政者，皇喜为司城（即司空，宋国因为避武公的名讳而改司空为司城），主要负责工程事务。皇喜字子罕，为人颇有心计，野心勃勃，为了争权夺利，他极力讨好宋君，深得宋君的偏爱，他对戴欢则是阳奉阴违，戴欢对此心里也很清楚，两个人明争暗斗，关系紧张。墨子意识到这是宋国的潜在隐患。

然而，这两个人都是实权人物，而且苦心经营多年，都有着很深的社会基础和强大的势力范围。墨子刚到宋国，无权无势，根本无法与他们抗衡。不要说墨子，就是宋君，恐怕也不敢轻易地触动他们。

因为墨子的学识与声望，尽管他是宋君的臣下，但宋君一直把他作为老师看待，称他为先生，经常请他讲经邦治国的大道理。有一天，墨子见戴欢与子罕都在，便语重心长地向宋君讲起了"一同天下之义"的道理：

古时候，人们只是在一起生活，没有行政治理，没有统一的行动，每人都有自己的义。有一个人就有一个义，有十个人就有十个义，人越多，所谓的义也就越多。每个人都认为自己的义是对的，别人的义是不对的，因此而互相非难，谁也不服气谁。一家人都统一不起来，老百姓之间更是互相争斗，互相坑害，天下一片混乱，与禽兽没有什么区别。

后来，人们认识到，天下之所以混乱，是因为没有

组织，没有政长，于是就推选天下最贤能的人立为天子。天子一个人治理天下力量不足，于是又选贤能之人立为三公，协助天子管理天下。因天下太广大，就划分万国，每个国又选贤能之人，立为诸侯国君。按照这个道理，依次有了将军、大夫、乡长、里长等各级长官。

里长应是一里中最贤能之人，他要一同其里之义；乡长则是一乡最贤能之人，他要一同其乡之义；诸侯国君，应是一国最贤能之人，他要一同其国之义；天子则应是天下最贤能之人，他要一同天下之义。下属要服从上司，全国要服从天子，天子认为是对的，其他人必须认为是对的；天子认为是不对的，其他人也必须认为不对。一切人都必须以上级的是非观念为准则，而不能与下边互相勾结，自以为是，这就叫"上同而下不比"。

墨子有意地停了一下，子罕立即插言说："先生说得很对，比如我们宋国，国君就是全国最贤能之人，我们就应该上同于国君，国君叫我们俯，我们就俯，叫我们仰，我们就仰；国君叫干什么就干什么，不让干的事就不干。"

墨子知道，像子罕这种人是两面派，当面说得好听，背后则另搞一套。这种人用心险恶，是最应该提防的。一听他说这种令人肉麻的话，墨子就十分反感，于是说：

"在楚国时，鲁阳文君曾问过我什么是忠臣，我是这样回答他的：所谓忠臣，国君有过，则伺察机会进行劝

谏。自己有了好的见解，则告诉国君而不告诉别人，要帮助君主认识改正错误，以使国家避免由于君主的错误而受损失。把美和善的声誉留给国君而由自己来承担怨仇，把安乐留给国君而把忧戚留给自己，这样的人才是忠臣。"

这些话显然是有所指的，子罕有些难堪。宋君一见这情景，赶紧转移话题。这次谈话使子罕对墨子有了一定的了解，从那之后他对墨子格外防范。

也许是墨子的这次谈话引起了宋君的警惕，而对子罕的态度有所改变，也许是子罕做贼心虚而预感到局势对他不利，也许是他和戴欢的矛盾趋于激化，终于使他铤而走险，发动了政变。他杀了戴欢，拘捕了宋君。

墨子明知子罕对他有成见，但他考虑到宋君的安危，考虑到宋国的安定与宋国百姓的利益，便置个人安危于不顾，毅然挺身而出，去见子罕。

为了不把事情弄僵，他先是好言相劝，给子罕讲了一通兼爱的大道理。子罕听得不耐烦，便明确表示，事情已经做到这一步，他已经没有退路，只有杀掉宋君，用武力控制政权。

墨子见事情已无可挽回，便仗义执言，指责子罕这种行为是大逆不道，上不合神意，下不得人心，必然要引起天下人共愤，下场可悲。

子罕恼羞成怒，立即下令把墨子逮捕入狱，不久，

便秘密杀害了国君。

当墨子去见子罕的时候，曹公子曾极力劝阻，但墨子义无反顾。曹公子预感到大事不好，便立即着手准备应急措施。一听到老师入狱的消息，曹公子立即派人急速赶回鲁国向大师兄禽滑厘报告，他自己则召集在宋国的墨家弟子商议对策。

禽滑厘接到报告，日夜不停地赶到宋国，曹公子已把在宋国的墨家弟子召集起来，正等着大师兄定夺。经过一番计议，一个营救墨子的计划决定下来了。

第一，动员宋国内部的力量，包括各级官员甚至一般老百姓，特别是与子罕有种种关系的人，用各种手段对子罕施加影响。

第二，紧急通知在各国做事的墨家弟子，特别是当官的，要他们尽量要求所在国家出面干涉，利用国际社会的力量，向子罕施加压力。

第三，最后的办法是武装解决问题。前两年楚国要攻打宋国时，墨子单身去了楚国，而禽滑厘则奉老师之命，率领三百多墨家弟子守城，准备迎接战斗。因为墨家子弟都受过专门的军事训练，有丰富的军事知识，又有较高的政治和文化修养，在备战阶段便充分显示了才干，受到宋国君臣的高度赞扬，宋君几乎把防卫大权全部交给了墨家子弟。后来，战争尽管没有爆发，但墨家子弟和守城官兵已经结下了感情的纽带，况且，当时的

三百名墨家子弟几乎都成了守城部队的军官，这些人此时仍在军中任职。必要时完全可以控制整个守城部队的武装力量。当然，不到最后关头，还是不采取这种方式。

一连几天，子罕听到的几乎都是关于要他释放墨子的劝告，劝告者有他的亲朋好友，有他的同僚下属，也有外国使节。有低声相求的，有义正词严的，有软中带硬的。子罕感到墨子的影响力之大，他自己好像已经处于这种力量的包围之中，他似乎预感到，这种力量会给他带来灭顶之灾。

子罕害怕了，他终于释放了墨子。

墨子立即被弟子们护送到了鲁国。从此，他再也没有去过宋国。

第六章　万世师表

墨子是我国古代最伟大的教育家。《吕氏春秋》说他"无爵位以显人，无赏禄以利人"，但是他有道相教，热心教育事业，"从属弥众，弟子弥丰，充满天下"，"后学显荣于天下者众矣，不可胜数"。

墨子把教育当作救世济民、实现其政治主张的重要手段。他认为一个人的能力是有限的，要救世济民，实现兼爱的社会理想，需要全社会的共同努力，为此，他周游列国，四处游说。他创办了综合性平民学校，广收弟子，聚徒讲学。建立了墨家学派组织，作为实现其政治理想的核心力量。

在教育实践中，墨子不仅建立了自己的教育理论体系，也形成了独具特色的教育原则和方法。比如：上说下教，遍从人而说之；

强教强学，扣则鸣，不扣也鸣；因材施教，因人而育等等。

墨子的教育方法，一个最突出的特点就是重实践力行，理论联系实际。《墨子·修身》中说："士虽有学，而行为本焉。""口言之，身必行之。"墨子的培养目标就是社会实践所需要的各种人才，因此，他实行分科施教。有人认为：在中国教育史上，墨子是分科施教的真正始祖。

大致而言，墨子的教育分为谈辩、说书、从事三科。

谈辩一科是培养当时社会上所需要的说客、游士、外交人才的，其学习的主要课程是辩学即逻辑学、语言学。说书一科是培养学者、教师，其学习的主要课程有政治、经济、文学等各种文化典籍。从事一科则培养各种应用型的专门人才，其学习的课程是农、工、商、兵等各个行业的实际技能。比如在止楚攻宋的活动中，墨家能迅速组织300多名弟子开赴宋国，承担守城的任务，这说明墨家平时就注重培养军事专门人才。

墨子的教育思想与教育理论博大精深，他作为伟大教育家的形象也大放异彩。但由于史料所限，本章所讲述的墨子教育方面的一些事迹，也只能从某些侧面表现墨子这位万世师表的形象。

一、上说下教

墨子一生的主要活动就是上说下教。上说，是对统治者即诸侯、王公大人等进行说服、劝告、教育，让他们贵义、兼爱、非攻、尚贤、节用、节葬、非乐，多为人民谋福利。下教是对平民百姓的教育，主要是传授文化知识，增强人的素质，提高生产技能。

儒家是"礼闻来学，不闻往教"，"往者不追，来者不拒"，墨子的教育态度与此不同，他不仅热情接受来学者，而且积极主动地送教上门，不仅"来者不拒"，而且对"往者"要追，对"欲去者"则止。墨家这种强教强学对教与学来说是积极而主动的。

1. 遍从人而说之

一个夏日的傍晚，墨子吃完晚饭出去散步，大弟子禽滑厘在后面陪伴着他。

村边有一个大池塘，因刚下了一场雨，池塘里的蛤蟆好像在进行歌咏比赛似的一声比一声高，叫得人心中烦乱。

禽滑厘若有所思。他突然向墨子提出一个问题："老师，您说，一个人多说话有没有益处呢？"墨子回答说："你没听到那些蛤蟆日夜不停地叫吗？它们叫得口干舌燥，人们听了只会感到心烦。但是雄鸡一唱天下白，人们听到后就起床干活。人也是如此，多说话不一定有好

处。"停了一下，又补充说："说话要合乎时宜，要有用处。"

"那么，"禽滑厘又开口问道，"儒家说'君子就像钟一样，你敲它就响，你不敲，它就不响'，老师以为这种说法对吗？"

"当然不对。"墨子十分肯定地说，"作为臣下对待君主，应该尽忠；作为儿子对待父亲，应该尽孝。如果像儒家所说的那样，你敲它就响，不敲它就不响，这是消极的态度，是逃避自己应尽的职责。"他似乎感觉到自己不应该这样激动，停下来，看了看禽滑厘，他看到的是渴望的目光，于是接着又说："比如在一个国家里，有人要造反，要杀掉国君，身为国君的臣下，却不帮助国君清除大害，而只考虑自己的利害。再如有一个人家，儿子发现有一个盗贼要偷他们家的东西，杀害他的父母，他却不吭一声，自己躲藏起来。像这种臣下，这种儿子，岂不是和盗贼一样可恶可憎吗？"

"老师的意思是，不该说的就不说，该说的就说，对吗？"

"该说的不仅要说，而且要强说。比如我们要宣传我们的主张，宣传我们的学说，不论见到贵族、高官还是平民百姓，都要积极主动地宣传教育他们，这就是上说下教。只要有机会，我们就说。"墨子这个意思的原话是"遍从人而说之"。这句话成了弟子们的一个信条，一个行为准则。

2. 美女也会嫁不出去

墨子上面这番言谈不知怎么传到了儒家之徒公孟子的耳朵里。公孟子很不服气，就去找墨子理论理论。

"先生，"他开门见山地说"善的东西人人都知道是好东西。夜明珠即使埋在土里也会发光，美女即使在家里不出门，也不会嫁不出去。有麝自来香，不用大风扬，而先生却提出什么'遍从人而说之'，难道您不觉得这样做太辛苦吗？"

看着公孟子那挑衅的目光，听着他那充满嘲讽意味的语言，墨子真想以牙还牙以眼还眼，也不热不凉地还他几句。但他考虑一下，还是心平气和地对他说："你说的话并不符合实际情况。"接着便向他讲了齐国发生的一件事：

齐国有一位姓黄的先生，生性谦卑。本来，谦逊是人类的美德，但也不能过度，而他谦卑得过了度。他有两个女儿，都美丽过人，但黄先生却逢人便说自己的女儿是丑八怪。于是'黄先生的女儿是丑八怪'的说法不胫而走，远近皆知，以至两个女儿的青春年华已过，遍齐国无人敢娶。卫国有个老鳏夫，娶不到妻子，便豁出来娶了黄先生的大女儿，过门一看，居然是倾国之美，于是他就对别人说：'黄先生有过分谦卑的怪癖，故意说女儿长得丑。他的大女儿既然这么美，小女儿肯定是非

常漂亮。'经他这么一说，人们便争着娶黄先生的小女儿。某位幸运者娶来一看，果然也是倾国之色。

讲完这件事，墨子说："黄先生的两个女儿都是美女，却嫁不出去，就是因为黄先生的错误宣传。如果不宣传，人家不知道，同样也会嫁不出去。况且，现在正逢乱世，求美女的人很多，所以美女虽然不出门可能也不愁嫁。但求善的人却很少，我们的道理虽好，不积极主动地宣传，人家便不知道它好在哪里。"

听到这里，公孟子不自觉地点点头，脱口说："这倒也是。"墨子趁机又说："打个比方，有两个算命先生，一个整天扛着招牌在外边替人算命，一个却把自己关在家里不出门，请问他们谁挣的钱多?"公孟子回答说："那还用说，闭门在家一句话不说，他还挣什么钱?"

"对呀!"墨子赞同地说，"所以我们主张强说，扣也鸣，不扣也鸣!"

3. 有道相教

鲁国南部有一个人，名字叫吴虑。春耕夏作，秋收秋种，冬天农闲则制作陶器，除了自用，就卖钱以购置其他用品。他自给自足，自得其乐，并经常把自己跟舜相提并论。墨子听到之后，就去拜访他。

墨子的大名，吴虑早有所闻，墨子为行义而到处奔走呼号的事，吴虑也早有所知，所以，一见到墨子他就主动地说："久仰先生大名，今日光临寒舍，真使我受宠

若惊。我佩服先生的人品与学识，不过，对于先生到处宣扬为义，还公开主张'遍从人而说之'，我却不以为然，干吗整天喊义呀义呀，自己埋着头干就是了，何必到处游说宣传呢？"

墨子不动声色，心平气和地问他："你所说的'义'，是不是也包括有力量就帮助人，有财产就分给别人的意思呢？"

吴虑说："当然包括。"

墨子说："我曾考虑过，如果我亲自耕田种粮，即使很努力地干，也只不过能获得一个农夫的收成，把我自己种的粮食分给天下人，每人还得不到一升粟米，即使每个人能够得到一升粟米，也不足以使天下所有饥饿的人吃饱饭；如果我亲自纺线织布给天下人提供衣服，即使我非常勤劳，也只不过获得一个妇女织出的布匹，把我自己织的布分给天下人，每人还得不到一尺布，即使能够得到一尺布，也不足以使天下受寒受冻的人穿暖和；如果我自己亲身披着坚固的铠甲，拿着锐利的武器解救国家的危难，即使我特别勇敢，也只是相当于一名士兵，而仅凭一个战士是不能抵挡侵略大军的。"

吴虑说："先生说的这些当然都不错。"在他心里还有一句话：这与我们的话题有什么关系呢？尽管他没有直说出来，但是墨子却洞察到他的心思，他接着说：

"所以，我不如诵读和研究先王治国的学说，考察并

通晓先哲圣贤们的言论，对上游说王公大人，对下劝导平民百姓。王公大人采用了我的学说，国家就会实现大治；平民百姓按照我的学说行事，他们的修养就会得到提高。所以，我虽然没有亲自耕种，以供饥饿的人吃饭；没有亲自纺织以供受冻的人穿衣，但我这样干功效却大于亲自耕织。"

吴虑还是没有完全明白这个道理："义呀义呀，岂能说说而已。"他嘴里咕哝着。墨子见状，就打了个比方说："假设天下人都不知道耕种，那么请问：教人耕种与不教人耕种而只是独自耕种的人，谁的功效更大呢？"

吴虑老老实实地回答："教人耕种功效大。"

墨子接着又打了个比方问："假设反击不义之国的侵略，击鼓吹号鼓励大家作战与不鼓励大家作战而只是独自进行战争，谁的功效更大呢？"

吴虑老老实实地回答："击鼓吹号鼓励大家作战功效大。"

"很对！"墨子明确地强调自己的观点："天下的平民百姓很少有知道仁义的，所以用仁义教导天下的人使他们都为义，这远比我自己一人为义功效更大，我为什么不到处宣传为义呢？假如我能鼓励大家都达到仁义的要求，我的仁义岂不是更加发扬光大吗？"

吴虑终于被说服了。

这是墨子上说下教、送教上门的一个典型事例。墨子对吴虑所讲的道理，是墨子教育思想的一个基本观点。

二、教学与为义

墨子认为，教育就是为义。为义就是指实现理想的事业。教育从属于为义，是为义的一个重要组成部分。墨子所创立的墨家学派，既是一个教育组织，也是一个社会活动集团，在墨子看来，不论是教学还是从事其他社会活动，都是为义。这是墨家广义的为义，而教育则是狭义的为义。不论教还是学，都是为义，因此，墨子主张智少则学，智多则教。如果道德和学识不如别人，就要虚心向别人学习，而道德和学识比别人强，就要毫无保留地教给别人，否则，就是不义。

1. 苦心劝学

有一个年轻人经常到墨子处闲谈。他人长得高大强壮，英武不凡，人也非常聪明，思维敏捷通达。但他就是不爱学习，整天游手好闲，无所事事。墨子有一天问他："你为什么不学习呢？"他说："我们家族里面还从来没有什么人学习过，我干吗要学习。"墨子说："一个人爱美，难道会因为他们家族里从来没有一个人爱美他就不爱美了吗？一个人想要富贵，难道会因为他们家族里从来没有一个人想要富贵他就不想要富贵了吗？爱美，想要富贵的人，不用看别人的样子，也会拼命地打扮自己，千方百计地去追求富贵。学习是为义，是一个人最

为重要的事情，为什么要看别人的样子呢？”

这个年轻人被墨子说得闭口无言。但是，墨子看得出来，他对学习还是不感兴趣。于是墨子对他说："你跟我学习吧，学成之后，我可以推荐你去当官。"这句话果然有效，小伙子听了十分高兴，就跟着墨子学习了。

一年之后，这个年轻人认为学得差不多了，但是墨子却并没有推荐他去做官的意思。又过了些日子，他实在憋不住了，就去问墨子："老师，我已跟您学习一年多了，您怎么还不推荐我去做官呢？"墨子并没有直接回答他的问题，而是给他讲了这样一件事情：

在鲁国有一户人家，兄弟五人，他们的父亲死了，长子因为嗜酒而不愿意葬埋父亲，四个弟弟便对他说："大哥，如果你和我们一起把父亲葬埋了，我们就给你买酒喝。"老大一听很高兴，就同四个弟弟一起葬埋了他们的父亲。之后，老大就向四个弟弟要酒喝，弟弟们就说："我们为什么要买酒给你喝呢？你葬埋你的父亲，我们葬埋我们的父亲，难道我们的父亲就不是你的父亲吗？你不葬埋父亲，别人会笑话你不孝、不仁不义，我们用买酒给你喝的谎话骗你葬埋父亲，就是为了不让别人笑话你。"

墨子讲了这件事之后，对那个年轻人说："我和你一样，都是在行义，如果你不学习，就是不义之人，人家会笑话你，所以我才劝你学习。怎么可以为了做官才学习呢?"听了这番话,这个年轻人终于醒悟过来。

2. 暴者与义士

齐国有两个出名的暴徒,一个叫高何,一个叫县子硕。他们粗野蛮横,欺压乡里,乡里的百姓都切齿痛恨他们。他们无法无天,干了许多坏事,当局要逮捕他们。他们也知道自己罪恶累累,一旦被当局抓获,必然要处以重刑,甚至要被杀,于是两个人逃到了鲁国。

到了鲁国,他们人生地不熟,如何生存呢? 因当时墨子已是有名的"北方贤圣人",墨家学派也是很有影响的社会集团,随时招收弟子,于是他们投在墨子门下,成了墨子的弟子。

一开始投入墨门,只不过是为了混饭吃,但在墨子严格教育和引导下,在整个墨家集团的环境熏陶下,他们两个人便慢慢地发生了变化,认识到以前的错误,决心改邪归正,重新做人。他们同其他弟子一起学习、工作,开始了全新的生活。《吕氏春秋·尊师》中记述了他们的经历,说他们被奇迹般地改造成为新人、学者,"务进业","疾讽诵","称师以论道","尽力以光明",不仅免除了刑戮死辱的结局,还成了"天下名士显人,以终其寿,王公大人从而礼遇之"。

《墨子·耕柱》中有一段县子硕向墨子请教问题的记录:

因为墨子把教育视作为义,他又整天把为义挂在嘴

上，所以，墨家弟子都很重视为义。县子硕作为一个由暴徒到学者的典型人物，对于为义更是有着独特的感受。有一次他向墨子提出这样一个问题："为义孰为大务？"意思是问为义最重要的是什么？墨子很高兴，县子硕能提出这样的问题，说明他对为义已经过了深入的思考，也表明为义在他心目中有了较重的分量。于是墨子耐心地告诉他说："比如我们垒墙，要干的事情很多很多，一个人要根据自己的实际情况，能填土的就填土，能打夯的就打夯，能测算的就测算，总之，大家各尽其力，能干什么就干什么，经过大家共同的劳动，墙就垒好了。为义就像垒墙一样，能谈辩的谈辩，能说书的说书，能从事的从事，这样，我们理想的事业就会实现。"

这件事说明，县子硕已经由一个"暴者"，变成一个一心向义的义士，而且他勤奋好学，思想活跃，成为墨子弟子中出类拔萃的佼佼者。而墨子与他的这段谈话也是墨子一个重要的教育思想，这段话明确地阐述了墨家的培养目标和教育内容。

3. 背禄向义

有一次，墨子派弟子管黔敖到卫国去，推荐另一弟子高石子在卫国做官。卫君看在墨子的面子上，给了高石子很高的礼遇，让他做了卿，俸禄特别丰厚。高石子工作非常努力，他曾三次朝见卫君，每次都向卫君呈上自己花费了大量心血才写出的具体治国方案，为卫君出谋划策，以更好地治理国家。但是卫君竟然连看也不看，根本就不予理睬。

高石子实在忍不住了，有一次，他当面向卫君陈述了自己的意见。首先，他指出了卫国所面临的形势：卫国是比鲁国和宋国都小的国家，而它的近邻则是齐国和晋国两个好攻伐的大国，这两个大国都有吞并卫国之心，而且经常不断地对卫国进行侵略。卫国随时都存在着危机，但是卫国君臣们却并没有这种危机感。高石子激动地对卫君说：

"现在的卫国，百姓生活极度贫困，有的甚至居无定所，衣食无着，但是王公大人们却是花天酒地，妻妾成群，骄奢淫逸不务政事，这样下去，卫国就很危险了。"卫君说："你说得有道理，我会考虑的。"可过了很长时间，卫君再也没提这个话题，而整个卫国还是像过去一样，"上不厌其乐，下不堪其苦"。高石子彻底失望了，他一气之下离开了卫国，听说墨子当时正在齐国，他便直奔齐国去拜见老师。

高石子向墨子述说了他在卫国的情况，解释了他离开卫国的原因，并不安地询问墨子："老师，卫君大概会认为我是精神病吧。"

墨子说："如果你离开卫国完全符合道义的原则，即使别人诋毁你是精神病也没有什么关系。古时候，周公被封为三公，管叔诬蔑他有野心，为了驳斥管叔，周公

便辞去了三公之位。当时许多人也都认为他是精神病，但事实证明他的做法符合道义原则，因此，后世的人都称颂他的美德，赞扬他的英名，直到现在。我听说过这样一句话：'行义不能回避诋毁而追求名誉'，你离开卫国，完全符合道义的原则，所以，你不用介意别人的诋毁。"

高石子说："我离开卫国，怎么敢不遵循道义的原则呢？老师您曾说过：天下无道，仁义之士就不应该再处在高官厚禄的位置上。现在，卫君无道，我若再贪求他的俸禄爵位，那就纯粹是混饭吃了。"

墨子听了非常高兴，他对高石子的精神境界十分赞赏，就特地把大弟子禽滑厘找来，对他说："你也来听听高石子谈话吧"。他充满激情地说："我常常听到违背道义的原则而一心贪图高官厚禄的事情，而舍弃高官厚禄一心向往道义的事却很少听到，但高石子做到了。"

禽滑厘说："高石子为义而舍弃高官厚禄，实在难能可贵，我要号召所有墨家弟子都向高石子学习。"

墨子说："为义，不光要舍得高官厚禄，必要时，连生命也应舍得献出。"他对禽滑厘说到另一件事：

有个鲁国人，把他儿子交给墨子教育，毕业后因参加反侵略的战争而战死。这个鲁国人就找到墨子，责备墨子教他儿子主动去打仗，以致战死。墨子当时就对那个鲁国人说："你把儿子交给我教育，现在他因参加正义

战争而死，是死得其所，这是我教育的结果，也是他学习的成功。你应为他感到骄傲，为什么还要埋怨我呢？这正如一个农夫想把多产的粮食卖出，现在有人买了，他却发怒，岂不荒谬?"

正是在墨子这种思想的教育下，墨家弟子都有为义而不怕牺牲的精神。《新语》就曾评论说："墨子之门多勇士。"

三、师生之间

墨子不仅有系统的教育思想和教育理论，而且也有丰富的教育经验和教学方法。他既教书又育人，根据学生的实际情况因材、因时、因地、因宜而实施不同的教育。同时，他特别注意环境熏陶和榜样激励作用。

在师生关系上，墨子既是老师，又是学团领袖。他热情施教，诲人不倦，对学生循循善诱，充满爱心，在学生中有极高的威望，但却不搞师道尊严，不摆架子。老师可以批评教育学生，学生也可以向老师质疑问难，甚至也可以批评老师。他对学生亲如父兄，学生则对他极为尊重和爱戴。《吕氏春秋》说："墨子服役者百八十人，皆可使赴火蹈刃，死不旋踵。化之所至也。"这么多人都心甘情愿地听从他的吩咐，哪怕是上刀山下火海也不怕，需要去死，连脚后跟都不会转动一下，可见墨子的教化力量之强。

1. 染丝的启示

有一次，墨子带着弟子们去游染山，染山是一座不太大的山，当地的居民有一祖辈相传的手艺，就是染丝。因为他们祖祖辈辈以此为生，所以此山名为染山。

当墨子带着弟子们到来的时候，正遇上他们在染丝。只见一团团雪白的丝，放入青色的染缸，立刻变成了青色，放入黄色的染缸，马上变成黄色。染缸里有着各种不同的颜色，就染出各种不同颜色的丝。墨子看得出了神。

弟子们看见老师入迷的样子，便纷纷围上来，只见墨子深深叹了口气，语重心长地说："染丝这件事看起来很简单，实际上包含着很深刻的道理：雪白的丝，放入不同的染缸就会变成不同的颜色，这可不能不慎重"。弟子们要求老师具体地讲讲他的想法。墨子借机给弟子们上了一堂生动的教育课。

人的品行就像染丝一样，受到不同的影响，就会产生不同的变化。古代的圣王明君，之所以能称王称霸于天下，功名传于后世，就是因为受到他们的贤相良臣的影响。而昏君、暴君，由于受奸臣、恶人的影响，结果只能落个国破身亡，为天下人唾弃的下场。

舜被许由、伯阳所染，禹被皋陶、伯益所染；汤被伊尹、仲虺所染，武王被姜太公、周公所染，这四位君王因为所染得当，所以能称王于天下，立为天子，功盖四方，名扬天下。

夏桀被干辛、推哆所染，商纣被崇侯、恶来所染，周历王被虢公长父、荣夷终所染；周幽王被傅公夷、蔡公敦所染，这四个君王因为所染不当，结果是国亡身死，死后还要让后人耻笑。

齐桓公被管仲、鲍叔所染，晋文公被舅犯、高偃所染，楚庄王被孙叔、沈尹所染，吴王阖闾被伍员、文义所染，越王勾践被范蠡、文仲所染，这五位君主因为所染得当，所以能称霸诸侯，功名传于后世。

范吉射被长柳朔、王胜所染，中行寅被籍秦、高强所染，吴王夫差被王孙雒、太宰嚭所染；知伯摇被智国、张武所染，中山尚被魏义、偃长所染，宋康被唐鞅、佃不礼所染，这六个君主因为所染不当，结果是国破家亡、身受刑戮，宗庙毁灭，子孙灭绝、君臣离散，百姓逃亡。

国君品性的好坏，很大程度上取决于他身边大臣品性的影响。不仅是国君，还有做官的，读书的，甚至一切人都是如此。如果一个人所交的朋友都讲仁义，都淳朴谨慎，遵纪守法，那么他就会家道日益兴旺，身体日益健康，名望日益显荣。如段干木、傅说，还有你们的大师兄禽子都是这样的人。如果一个人所交的朋友都不安分守己，结党营私，那么他的家道就会日益破败，身体日益多病，名声日益低落，这样的人就是当上官也不会行正道。如子西、易牙、竖刁就是这样的人。

最后，墨子教导弟子们："你们应该特别重视所染，染得好，就会形成良好的道德品质；染得不好，就会成为品行邪恶之徒。"

墨子的这次谈话，被弟子们记录下来，这就是《墨子·所染》篇，一直被认为是环境教育的经典之作，影响极为深远。

2. 因人施教

墨子要带着弟子们去周游列国，临行前，弟子魏越问他："如果见到各国诸侯，老师打算对他们说什么呢？"墨子回答说："凡入国，必择务而从事焉。"就是说要针对具体情况，选择最重要的问题进行劝导。接着他具体解释说："国家昏乱，则语之尚贤、尚同；国家贫，则语之节用、节葬；国家喜音湛湎，则语之非乐、非命；国家淫僻无礼，则语之尊天事鬼；国家务夺侵凌，则语之兼爱非攻。"（《墨子·鲁问》）兼爱、非攻、尚贤、尚同、节用、节葬、非乐、非命、尊天、明鬼，这就是墨子的十大政治主张。他根据某个国家的具体问题而确定重点谈论的话题。他劝说王公大人实际也是一种教育活动，因此，这也可以看作是因人施教。

禽滑厘是墨子的大弟子和有力助手，他为人忠正，对老师非常尊重，忠心耿耿地侍奉墨子三年，手脚都起了老茧，脸晒得黑黑的。他总是抢着干重活，尽可能地为老师分担责任，深得墨子信任，但有问题想请教老师

却又不敢，墨子很心疼他。有一天，墨子专门带着他到泰山游览，并用酒肉款待他。禽子十分感激老师对他的关爱，对老师行礼之后，却深深地叹了口气。墨子看他有心事，便主动地问他："你有什么事要问吗？"禽子又对老师拜了两拜，才说：

"根据圣人的说法来看，现在凤鸟还没有出现，诸侯都背叛了周朝，天下刀兵四起，大国攻打小国，强国欺负弱国，我想为小国、弱国守城，能有什么方法守住呢？"

墨子说："你想防御敌人什么方式的进攻呢？"

禽子回答说："现在战争中常用的方法有筑山临攻，钩梯爬城，冲车攻城，云梯攻城，填塞城濠，决水淹城，挖通隧道，突然袭击，城墙打洞，如蚂蚁一般密集地爬城，使用蒙上牛皮的战车，使用高耸的轩车，请问如何对付这十二种攻城的方式呢？"

墨子详细地对他讲了针对各种攻城方式而应采取的守城方法，这便是《墨子》一书中《备城门》、《备高临》、《备梯》、《备水》、《备突》、《备穴》、《备蛾傅》。

3. 良马重任

墨子曾向楚王献书，希望楚王能接受他的政治主张，但当他发现楚王不想采纳他的意见之后，便拒绝了楚王给他的厚封，返回了鲁国。

回来之后，墨子考虑到楚国是个大国，楚王又是好攻

伐之君，要实现自己兼爱非攻等政治理想，楚国是一个需要重点做工作的对象。应该推荐一个很能干的弟子到楚王身边去做官，以便于随时掌握楚王的情况，做楚王的工作。因楚王刚刚给了他五百里封地而他没有接受，估计推荐一个人到楚国去，楚王不会不予安排。

鉴于派胜绰做项子牛工作的教训，墨子决定挑选一个德才兼备的人去，他想到了耕柱子。耕柱子是弟子中出类拔萃、品学兼优的好学生，堪当此重任。他找到耕柱子，对他说："我想推荐你到楚国去做官。"没想到耕柱子刚听完这句话，便马上表示不愿意去。

耕柱子是一个很聪明的人，一听老师要他到楚国去，便马上想到这是个苦差事。楚王的侵略本性是很难改变的，他对墨子的主张不感兴趣是人所共知的事实，而老师要他去的用意很清楚，还是想要楚王接受他的政治主张，不发动侵略战争。这样，他就很难得到楚王的信任与重用，他的日子肯定不好过，而做不好楚王的工作（这几乎是必然的结局），又怎么向老师交差？

墨子没有想到耕柱子会这么干脆地一口回绝，他很生气，向耕柱子发了脾气。耕柱子则感到很委屈，他咕咕哝哝地说："我表现得并不比别人差，为什么非要我去干这苦差事呢？"

墨子想了想，觉得耕柱子的做法也是情有可原，于是便缓和了口气对他说："我想到太行山去，你说我是骑

马去呢，还是骑羊去呢？"

耕柱子说："当然是骑马啦。"

墨子紧接着问："为什么骑马呀？"

耕柱子说："只有马才胜任这件事么。骑羊怎么赶路？"

墨子说："你说得对，我派你到楚国去也是认为只有你能胜任这一特别重要的工作。"

耕柱子明白了老师的良苦用心，他也感激老师对他的信任和理解，终于愉快地接受了任务。

果然不出所料，耕柱子到了楚国后，楚王碍于墨子的面子，不得不安排他干一点差事，但对他很不信任，甚至有点敌视，耕柱子的处境很艰难。

过了一些日子，正好有几个弟子到楚国去，墨子便让他们顺便了解一下耕柱子的情况。

这几个弟子到了楚国之后，便住在耕柱子家里。他们发现耕柱子家里很贫穷，家徒四壁，招待他们几个吃饭，别说丰盛的宴席了，就连米饭也限量，他们根本就吃不饱肚子。回来后，他们向墨子汇报耕柱子的情况，纷纷抱怨耕柱子太吝啬。有个弟子说："我看耕柱子在楚国没什么好处，不如把他调回来算了。"墨子说："现在还很难说，等等看吧。"

过了不久，耕柱子专程回到鲁国向墨子汇报情况。他把攒的二百两金子恭恭敬敬地呈交给墨子，说："学生工作做得不好，我回去一定会更加努力，不辜负老师的厚望，这二百两金子是我省吃俭用省出来的，不成敬意，请老师留作大用。"

墨子听了汇报非常满意。他高兴地说："好样的，小伙子果然干得不错。"

第七章　中国科圣

墨子不仅是思想家、政治家、教育家、军事家，而且也是一个伟大的科学家，被称为"中国科圣"。

在先秦诸子中，墨家是最富有科学精神的一家。把多门自然科学作为研究对象，并取得了巨大成就的只有墨家。《墨子》中记录了他们的研究成果，其中有着丰富的科学思想。杨向奎先生曾说："一部《墨经》无论在自然科学哪方面，都超过整个希腊，至少等于整个希腊。"

古希腊著名学者亚里士多德在《形而上学》中说："有经验的人较之只有些官感的人为富于智慧，技术家又较之经验家、大匠师又较之于工匠为富于智慧，而理论部门的知识比之生产部门更应是较高的智慧。"墨子和他的多数弟子都出身于工匠，又精于科学实验和理论研究，实际上他们已经具备了经验家、技术家、工匠、大匠师和科学理论家的素质，他们具有多层次、多方面的智慧。

作为一个大匠师，墨子的技艺可以和工匠的祖师爷鲁班相媲美。作为一个大科学家，墨子的研究成果也形成了一套完整的理论体系。英国著名学者李约瑟在《中国科学技术史》中这样评价墨家的科学技术成就："完全信赖人类理性的墨家，明确地奠定了在亚洲可以成为自然科学的基本概念的东西。""它的具体细节并不十分重要，更重要是一个广泛的事实，即他们勾画出了堪称之为科学方法的一套完整的理论。"这套理论，包括数学、力学、光学、心理学等诸多学科，其中许多成就在当时达到了世界领先水平，即使在今天看来也不乏真知灼见。

比如，《墨子·经上》对"力"的定义是："力，形之所以奋也。"意思为力是物体运动变化的原因。颜道岸先生认为："这就是牛顿的第二定律，只不过没有明确提出加速度这个物理量。"李约瑟则特别对"奋"字解释说："'奋'字在此是特别有趣的，因为有冲进到加速移动的含义。且其原始的意义是由田中一只鸟的起飞。假设那些墨家作者心里没有一个模糊的'加速'观念，他必会用明显的字如行、移、动等字了。"（《广雅·释诂》中就是将"奋"解释为"动也"）

再如，《墨子·经下》有"负而不挠，说在胜"一条，意思是说负担一定重量而不倾斜，原因在于支点力量适中，能够胜任。《经说下》则以杠杆原理分析了桔槔机技术，阐述了平衡静力学的基本理论。李约瑟对此评价说："墨家已有如阿基米德所说的全部平衡理论。"像这样例子不胜枚举。

由于墨子在科学技术、科学理论上的巨大成就，东晋时道教学者葛洪在《神仙传》中把墨子描绘成一位精通炼丹术的道教始祖。比如他引述的所谓《墨子丹法》中有一段话："用汞及五石液，于铜器中火熬之，以铁上挠之，十日还为丹，服之一刀圭，万病去身，长服不死。"这是道教炼丹师的幻想，本来与真墨子无涉，但由此却可以看出墨子及其弟子们在科学方面的成就影响之大。

墨家的科学成就代表了中国古代科学的光辉业绩，在中国科学史甚至世界科学史上都具有重大的意义，但更值得我们重视的是这些成果背后所体现的科学精神和方法。

墨家科学研究的成果基本上都是以定义式的语言记录在《墨经》中，至于他们的一些具体科学活动则很少记载。

一、科技灵光

墨子出身于工匠之家，从小就受到工匠制作的熏陶，练就了一身精湛的技艺。《淮南子·主术训》说他和孔子一样"皆修先圣之术，通六艺之论"，早期儒家所谓"六艺"即礼、乐、射、御、书、数，其实墨子最感兴趣的是射、御、数这类科学技术知识的课程，尤其是有关各种机械制造的原理和技术方面的知识。

墨子不仅学理论知识也学实践知识，因此，他谙熟木工以及其他各种工匠技艺，诸如染丝、皮革、制陶、建筑、冶金等等。他在平时谈话、游说、教育弟子时，经常用各种工匠的术语来打比方，以论证他的思想。

墨子从不因循守旧、人云亦云，他反对"述而不作"，提倡创新。他肯动脑筋，勤于思考，而且喜欢动手，勇于实践。他在青年时代就成了很有名气的能工巧匠，他制作的木鸢能飞上天，成功地进行小孔成像的实验，为他后来进行科学理论研究打下了良好的基础。

1. 木鸢翔空

在墨子从事教师这个职业之后不多久，一次，他带着自己的弟子们到野外去春游，看见一只巨大的老鹰在空中翱翔，这一情景使他突发奇想，他要自己造出一个"老鹰"，让它也能在天上飞。

他没有把这个想法告诉别人，只是在自己的工作室

里慢慢摸索着干。经过反复试验，不断改进，历时三年之久，他终于制成了一个木鸢，即木鹰。弟子们知道后，纷纷围上来观赏这件工艺品。他们赞美制作工艺的精湛，更想知道这木鸢到底是不是真的可以飞。于是他们便跟着老师到野外去试飞。

这是一个晴朗的早晨，东风劲吹，鸟语花香，大地一派生机。这消息不知怎么会不胫而走，许多人都赶来看这罕见的新鲜事儿。试飞场地，欢声笑语，一片热闹景象。

墨子不慌不忙，把木鸢放在一块大石头上，打开了它的机关。那东西像是被人们惊醒了，只见它拍了一下双翅，便向天空中徐徐飞去。越飞越高，然后就开始盘旋。

人群欢声雷动，大家对墨子的聪明才智由衷地赞叹，弟子们更为师父的成功而骄傲，他们齐声夸赞："我们的老师真巧啊，他真的能使木鸢飞起来了。"

这只木鸢飞了整整一天的时间才落下来。

就在别人为他的成功而欢呼的时候，墨子却在想：自己用了三年的时间，才制造了这么一只会飞的木鸢，而且只飞了一天。制造这东西有什么用处呢？无非是供人们观赏，显示一下自己的"巧"。他有点后悔，干了这么一件无意义的事情。弟子们看老师闷闷不乐，大惑不解。墨子语重心长地告诉弟子们："你们都夸我巧，其实，制造这只木鸢不如我造车巧。我用一根木头，用不了一个早上的功夫，就能使大车载六百斤重量，坚固耐用，帮助人们减轻劳动负担。可是，我制造这只木鸢却花费了三年时间，而且对人们并没有多大用处，费了那么多精力却没有实用价值，这种'巧'有什么意义呢？"

从那以后，墨子再也没干过这种"没意义"的事情。

当然，这是墨子的一种偏见，是一种狭隘的实用主义。这只木鸢决不像他说的那样没有意义，它很可能就是世界上最早的航空模型。如果墨子能继续研制下去，后人能继续他的这项研究，说不定飞机及宇宙飞船早几个世纪就可以诞生了。

不过，对于墨子的良苦用心，弟子们却心领神会。急人民之所急，想人民之所想，一切为了劳动人民的利益，这始终是墨家的宗旨。

2. 小孔成像

墨子是一个身体力行的人，他已经认识到知识必须应用于实践、接受实践检验的道理。知而能行，始为真知，墨子举了一个例子说明这个道理：盲人说，"银是白的，墨是黑的"，这话当然是对的，即使眼睛明亮的也不能更改它。但是，你如果把白和黑的东西放在一块，让盲人分辨，他就无法将二者区别开来，因为，他们只知道"黑""白"的名称，却不知道它们的实际情况，这种知实际上等于不知。

要求在实践中获得真知，这是科学的态度。

有一次，墨子听到一个传说：有一位著名的画家能用彩色颜料在豆荚里面一层透明的薄膜上画画，周围的国君听说后，很感新奇，于是便花重金请这位画师作这种画。

画家不敢怠慢，便尽心尽力为国君作画。由于这种画的工艺极其精微繁难，画家花了整整三年时间才完成任务，将画献给国君。国君一看，那豆荚的薄膜上就跟用漆胡乱涂抹的一样，仔细看了半天，也没看出什么名堂。于是大发雷霆，以为画家在愚弄他，便下令重罚那位画家。

画家不慌不忙地说：“且慢，听我把话说清楚。请您盖一个暗室，在朝阳的一面墙上凿一个小孔，当早晨的太阳升起的时候，把豆荚放在小孔上观看，才能看清我作的画。”国君就照着画家的话做了，由于豆荚膜薄得透亮，经过早晨的阳光一照，竟映出五彩缤纷的大画面来，龙、蛇、禽、兽、车马等等，万物之状具备，五彩纷呈，形态各异，真是见所未见，美不胜收。国君特别高兴，重赏了画家。

这个故事讲的事件是否真实？如果真实，它说明了什么道理？墨子决定通过实验弄清楚这些问题。他把门窗全部关闭，不透一点亮光，也在朝阳的墙上开了一个小孔，然后让一弟子站在屋外小孔前面。果然，屋内对

面墙上出现了一个倒立的人影。这就是小孔成像的实验（如图）。

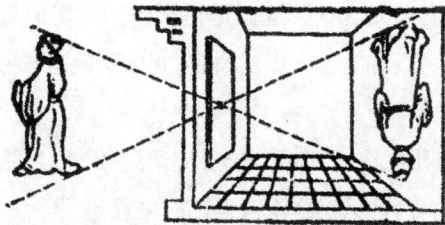

实验成功了，墨子很高兴，但弟子们却不理解：人的投影为什么是倒立的？

这个问题在没实验之前墨子就已经研究过了，他向弟子们解释了这个道理：因为光是直线传播的，所以，光穿过小孔就像射箭一样，照射到对面的墙上。上面的光线照射到墙的下边，而下面的光线照射到墙的上边。由于人的脚遮住了下边光线，所以成影在上边，而头部遮住了上边的光，所以成影在下边。这就是人影倒立的缘故。

3. 罔两问影

墨子不仅经常用科学实验的方法去证明一些知识的真实性，而且也经常用科学实验的方法去批驳一些错误的思想、谬论。

有一天，一个弟子看到一则"罔两问影"的寓言故事，觉得很迷惑，请求墨子给以讲解。这个寓言故事是这样的：

影是物体的影子，特指本影，罔两的本意是指恍惚不定，若有若无之状，这里是指影子即本影以外的淡薄的阴影，可以称之为半影。"罔两问影"就是本影与半影的对话。

半影问本影："你刚才走着，现在停止。刚才坐着，现在起来，为什么这样没有自己的主意呢？"

本影反问道："我是依赖着什么才这样的呢？我所依赖的东西，又是依赖着什么才这样呢？我所依赖的东西，像是蛇蜕下的皮，蝉蜕下的壳吗？我哪里知道这是为什么？"

接着，又有许多的半影向本影提问："你刚才低头，现在抬头。刚才束发，现在披发。刚才坐着，现在起来。刚才走着，现在停止。这究竟是什么原因？"

本影回答说："我不过是无心运动而已。这有什么好问的？我这样连我自己也不知道是什么原因。我就像薄薄的蝉壳、蛇蜕，若有若无。有烛光或月光，我就成形，遇阴天或夜间，凡是没有光的时候，我就隐蔽休息。某个东西是我所依赖的吗？我所依赖的东西也要依赖什么吗？它来我就跟着来，它走我就跟着走，它动我就跟着动，这又有什么好问的？"

这个学生向墨子讲述完这则寓言故事之后向老师请教："老师，一个物体怎么会有本影和半影呢？这则寓言

故事到底说明了一个什么道理?"墨子并没有马上回答学生的问题,而是先做了一个实验。

他用两束光从不同的角度照在同一物体上,由于两个光源重复照射,对面墙上就形成了两个半影夹着一个本影的现象。(如图)

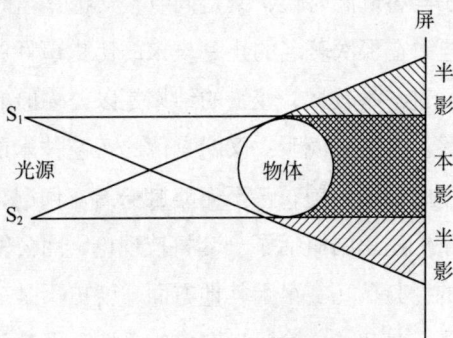

看了这个实验,那个弟子便明白了所谓的"本影"与"半影"是怎么回事:"老师,寓言里所说的许多半影一定是由许多的光源照射在同一物体上形成的,这并没有什么'神秘'。"

"对,本来就没有什么神秘,但编造这个寓言的人却故弄玄虚,让你觉得世界上许多事情你根本就弄不清楚,弄清楚了也没有什么意义。"

"这不对!"那个学生终于弄明白了:"先生经常教导我们,要明故,求故,就是要我们对什么事物都要探索其所以然的原因，这样才能学到真正的知识。"

二、胜过鲁班

鲁班，即公输般，被认为是中国古代最巧最聪明的工匠。

墨子与鲁班同时代，又是同乡，又都是当时著名的能工巧匠。在那次著名的止楚攻宋的历史事件中，他们两人进行过一番较量，较量的结果是以公输般的彻底失败而告终。这充分说明：仅就具体的工匠技术而言，墨子也并不比公输般差，甚至还略胜一筹。何况，墨子和他的弟子们还总结概括了一套科技理论，而公输般却只有个人的经验技巧。至于其他方面，就更不是公输般所能比的了。对此，公输般尚有自知之明，但就工匠技术这一点而言，公输般却很自信。

在止楚攻宋的较量中，墨子使公输般在楚王面前大丢面子，为此，公输般心理很不平衡，以后又找机会与墨子进行了比试。

1. 谁更巧

墨子用了三年时间制造了一只木鸢，飞了一天，尽管墨子本人对这件事并不看重，但这毕竟是一件开创性的伟大发明，尤其在工匠行业，其影响之大远出墨子意料之外。

公输般听到此事后，就暗地里跟墨子较上了劲，他

也要制造一个能飞的东西，超过墨子。经过精心设计、制作，反复改进，他终于用木料和竹片制成了一只喜鹊，这只人造的喜鹊竟然在天上飞了三天才落下来。公输般特别高兴，因为他知道墨子造的木鸢只飞了一天。他自以为比墨子更巧，更高明。所以，见到墨子后就得意地说："我做的喜鹊在天上飞了三天，而你做的木鸢仅飞了一天，难道先生不认为我的技艺在当今世界上已无人可比了吗?"

墨子听后只是微笑着说："我对这种东西早就不感兴趣了。因为造这种东西只不过供人观赏、消遣罢了，为这种小玩意花费精力实在不值得。"

这回答实在使公输般感到意外，他没有说话，只是茫然地看着墨子。墨子说:

"你做出的喜鹊能在天上飞三天，比我做的木鸢当然要巧妙，但是却不如我做的车轴更巧妙。我只需要片刻工夫，便可砍削一根三寸长的木头，做成车轴，装到车轮上，载六百斤重的东西，长途运输，经久不坏。"看到公输般不理解的样子，墨子便明确告诉他:"任何一种东西，必须有利于人，才可称作精巧，于人无利，则为拙劣。"

公输般终于明白:墨子对巧与拙的判断标准是看它是否对人有利，只有对人有利才能称得上巧，对人无利再巧也是拙。这种观点究竟对不对呢?

从客观上说，鲁班的技艺是够精巧的。制作飞鹊与做车轴相比较，恐怕做飞鹊比做车轴要难得多，能够造出飞鹊的人不多，但能够砍削车轴的却并不少。这也正是鲁班自信能胜过墨子的理由。然而，墨子的判断标准是看对人是否有利及利益的大小。用现在的眼光来看，墨子是有狭隘的功利主义倾向。但当时的社会现实是"饥者不得食，寒者不得衣，劳者不得息"，所以，墨子认为当务之急是解决人民的温饱问题。由此我们可以看出，墨子不仅是一个能工巧匠，也是一位以救世济民为己任，有远见卓识的思想家、科学家。

2. 义胜钩镶

春秋时期，处于长江边上的楚国与越国经常在长江上进行水战。楚国在上游，顺流而进，逆流而退，见有利就进攻，见不利想要退却可就困难了。而越国在下游，逆流而进，顺流而退，见有利就进攻，遇到不利想要退却就比较迅速。越国人凭着这种地理位置的优势，屡次打败楚国人。

公输般由鲁国南游到了楚国，受到楚王的重用，做了楚国的大夫。楚王知道他是著名的能工巧匠，于是便请他研究如何解决与越国水战不利的问题。他设计并制造了两种对付越国战船的新式武器，这两种武器就是"钩"与"镶"。当敌船退却时，就用钩来钩住它，使它不得脱身；当敌船进攻时则用镶来拒开它，使它不得靠

近，他还计量钩镶的长度，制造出各种适用于攻与守的兵器。楚国人凭着公输般制造的这些水战新式武器，克服了地理位置的劣势，反败为胜，屡次打败越国人。

公输般对自己制造的武器很得意，有一天他特意领着墨子观看了他的钩镶表演，踌躇满志地对墨子说："水战的时候，我有钩镶，先生为义，不知先生的义是否也有钩镶？"

墨子不甘示弱，他理直气壮地说："我的义当然有钩镶，而且比你水战的钩镶还要强。我的义的钩镶就是兼爱和恭敬。我用兼爱来钩，我用恭敬来拒。不用兼爱来钩就不相亲，不用恭敬来拒则流于轻慢，轻慢不相亲就会很快离散。所以，互相兼爱，互相恭敬，这样才能互利互惠。现在，你用钩去攻击别人，别人也会同样用钩来攻击你，你用镶去推拒别人，别人也会同样用镶来推拒你。互相攻击，互相推拒，就等于互相残害，所以，我的义的钩镶要胜过你水战的钩镶。"

表面上看，墨子的钩镶是空的，不如公输般的钩镶实用。但如果认为墨子是强词夺理，空口说教，没有实际意义，则是极大的错误。公输般所做的只是帮助楚国改进武器，使楚国变劣势为优势，从而击败越国；而墨子所关注的则是要以仁义兼爱的道德原则来改造人际关系，国际关系，以建立更为理想的社会秩序。这种政治家的胸怀，公输般是不能与之相比的，这也是他所不能理解的。如果说公输般是一个出色的工匠或发明家，墨子则是一个在各方面都有伟大建树和卓越贡献的思想、文化巨人。无论从哪个角度比，公输般都不能望其项背。

三、为民创造

墨子为他自己创立的墨家学派确立的宗旨是"兴天下之利，除天下之害"，"利人乎即为，不利人乎即止"（《墨子·非乐上》）。他们时刻不忘"国家百姓人民之利"（《墨子·非命下》）。

从这一原则立场出发，他对自己发明的木鸢、公输般发明的飞鹊都持否定的态度，而认为公输般发明的钩镶不如他兼爱、仁义的钩镶，也是这种原则立场的鲜明体现。

正因为如此，墨子及其弟子利用他们精湛的技艺，直接为生产活动及军事战备进行发明创造。当然，他们为军事战备进行的发明创造是为了反对侵略战争，是为了防御。

墨家不仅发明创造了一些直接应用于生产、军事等方面的器械，而且总结出了制造这些器械的原理。《墨经》中就有许多这种记录，如桔槔、辘轳、滑轮、车梯等。但遗憾的是，这些记录太简单，更没有发明创造的具体过程。我们这里只介绍桔槔机和车梯两种，以展示墨子及其弟子们为民创造的可贵精神及其聪明才智。

1. 制造桔槔机

有一天，墨子的一个弟子向墨子讲了一则他不知从哪里听到的关于邓析的故事。

邓析是春秋末年郑国人，和老子、孔子同时代的人物，《汉书·艺文志》把他列为名家第一人。所谓名家即古代的逻辑学家，而墨家则是先秦时期逻辑学的集大成者。

有一次邓析出游，看见一个老头在浇他的菜园。这老头胡子头发全白了，只见他提着瓦罐，从井里往上提水，慢慢地浇到菜地里。他干得很吃力，老半天还没有浇完一畦菜。

邓析看了一会，就对他说："有一种机械，用它浇地，又省力又快，一天可以浇一百畦，为什么不安装一个？"

老头抬头看了看他，问："你说的是什么东西呀？"

邓析就告诉他说："这东西名叫桔槔，用木头做成，后边重，前边轻，用它来提水，速度之快就像汤锅烧开外溢一样。"

老头听了，脸上露出轻蔑的微笑，他说："我听老师说过，有机械者，必有机事，有机事者必有机心，你说的那个东西，我并不是不知道，而是羞于去做。"

这个老头所说的老师大概是指老子或其门徒，他们主张"绝圣弃智"、"绝巧弃利"，反对一切的机智、技巧，不赞成一切发明创造。在这个问题上，儒家也是把科学技术、科学实验斥为"奇技淫巧"而反对的。

邓析的观点类似于古希腊的"智者"，主张用人的智慧去发明和利用新技术。在这一点上，墨子与邓析是一致的。

当墨子听到这个故事的时候，他不知道这个故事有多大的真实性。他自己没有见到这种桔槔机，问了问弟子们，谁也没有见过。"故事里说，这种桔槔机可以减轻人们的劳动强度，可以提高工作效率。既然对人民有利，我们就应该把它制造出来。"墨子的建议得到弟子们的拥护。

经过一番设计、实验，墨子终于制造出了桔槔机（如图）。

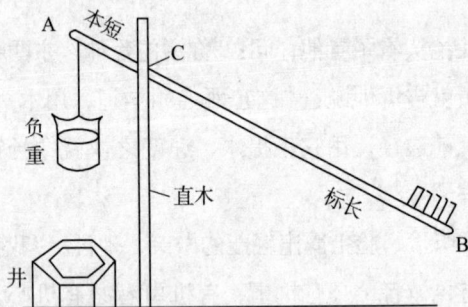

看到师父的成功，弟子们非常高兴。他们试着用它提水，举起满满一桶水，就像举起一根羽毛，轻松自如，

而把这桶水从桔槔机上取下来放在地下，则显得特别笨重，就像一块大石头，他们觉得很奇怪，便问老师：

"老师，利用桔槔机提取重物为什么会如此省力？这是什么道理呢？"

"你们看"，墨子指着他们正使用的桔槔机说，"这根横杆（AB）系于立柱之上，本比标短得多，而且在标端上加上一块石头，形成了前轻后重的状态，当人力牵引本端顶部提水时，只需很小的力就能靠标端石块的重力，轻易地把水提起来。"

墨子讲的桔槔机工作原理，实际上是杠杆原理。他不仅把这种原理和制造技术写进《墨经》，作为他的门徒们学习的课程代代相传，并且在《墨子》一书的《备城门》、《备穴》等篇中详细地讲解了桔槔机在战备中的作用以及具体操作方法。

这种桔槔机不但用途广，而且使用的范围大，沿用的时间长。直到 20 世纪中期，在我国一些农村地区还经常可见。随着现代科技的发展，这种东西现在已经被淘汰了，但墨子由此总结出来的科学原理却会永远保存于人类知识的宝库中，墨子的科学精神和智慧也将是对人类永远的启迪。

2. 车梯与云梯

当公输般造出了云梯时，他自以为有了战无不胜的新武器，楚王之所以决定攻宋并坚信能够攻下宋国，也是因为他相信了云梯的神话。所以，墨子要止楚攻宋，必须得打破这个神话。事实上，墨子正是把打破这个神话作为突破口，才完成了止楚攻宋的伟大创举。

在墨子未去楚国之前，他并没有见过公输般的云梯，但是他却有充分把握能够战胜云梯的进攻。当公输般黔驴技穷要杀掉墨子以赢得战争胜利时，墨子明确告诉他，禽滑厘已率领三百墨家弟子按照墨子的部署，拿着墨子设计制造的守城器械守卫在宋国城门上了。得知墨子及其弟子们的守城之举后，楚王便立即做出不再攻打宋国的决定。这说明，双方都承认公输般所依赖的云梯在墨子及其弟子面前已没有任何的神秘，他们已完全掌握了这种器械并有办法对付它。

实际情况正是如此。《备梯》中就详细地记述了专门对付云梯进攻的各种具体的方法。

那么，墨子在没有见到云梯之前怎么会对云梯了如指掌，而有把握对付它呢？这是因为，在公输般造出云梯之前，墨子已制造出了车梯，车梯有许多的功用，其中就具备了云梯的攻城的功能，只不过需要稍加改动而已。

我们知道，墨家集团不仅是个学术团体，而且还是个军事集团、生产集团，他们要从事各种社会活动，其中就包括承担修筑堤坝、堡垒、城墙和护城河等等大型劳动工程，《墨子》一书中经常说到这种情况。在这种大

型工程劳动中，除了采用桔槔机之外，还经常用滑轮、
辘轳和车梯等器械。桔槔机、滑轮、辘轳等属于杠杆类
机械，而车梯则属于利用斜面的器械，其主要作用是搬
运重物。尤其是将重物由低处搬往高处，在大型劳动工
程中，这种工作特别困难，又难以避免，所以，墨子便
设计制造出了车梯。

　　禽滑厘在率领三百名墨家弟子赴宋之前，曾专门请
教师父对付云梯的方法，墨子当时给他们上了一次专题
课。首先，墨子向他们详细讲解了车梯的结构和操作原
理，为的是让他们对云梯有深刻的了解，便于对付它，
因为云梯的构造原理与车梯并没有多大区别。墨子画了
一张车梯的结构图，然后指着图进行了详细地讲解（如
图）。

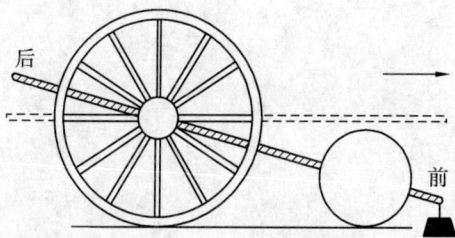

　　要把重物搬到高处，可以利用斜面，它可以省力但
不省功。后轮高而前轮低的车梯，就是依据简单机械斜
面原理而设计制造的。人负物行走，背部必须前倾；墙
壁将要倒塌，必须用支撑物斜面抵拒；人开弓射箭，身

子必须略向后倾，这都是作势斜倚不正才便于施力的例子。

车梯的构造是后面两个轮子高而有辐，前面两个轮子低而无辐，将一块长条木板铺在前后车轴上，便形成有轮斜梯之状，车梯的重心在车的前端，前端需以绳索悬挂一重物，以便在装载人或物时保持平衡不致后倾。如载重运行，则应把车前所悬挂重物撤除，以人力引车前行，如图中虚线所示意。车行进途中，由于车的后轮负担了部分重量，自然比单靠人力搬运省力。

墨子的这段讲解由弟子们整理后记录于《墨经》中。

第八章　神道设教

在墨子的十大政治主张中有尊天与事鬼，《墨子》中也有《天志》、《明鬼》两篇专题论述。

所谓《天志》，就是天的意志。墨子把有意志的天视为人类社会的最高主宰，《天志》上说："顺天意者，兼相爱，交相利，必得赏；反天意者，别相恶，交相贼，必得罚。"

所谓"明鬼"，就是证明鬼神的存在。墨子认为，鬼神无所不在，人的行为善恶"鬼神之明必知之"，并且能够分别情况赏善罚恶。

墨子认为，天是生成万物的始祖，有生杀予夺之权；鬼神是天的辅助，替天监管人类。天与鬼神都是善良的，为义的，是兼爱兼利、明察秋毫、善无不赏、恶无不罚、爱民利民、疾恶如仇的大法官。显然，墨子所说的"天志"实际上是他自己的意志，证明鬼神的存在也无非是想借助鬼神的力量推行他的政治主张。

古人崇拜鬼神，殷商时期，这种崇拜达到鼎盛阶段，《礼记》里就说："殷人尚鬼"，"先鬼而后礼"，周时则建立起完整的天神崇拜学说。到了西周末年，社会矛盾激化，"君权神授"观念受到冲击，对天、鬼神的信仰也开始动摇。至春秋时期则产生了否定天神天命的思想。据《左传》载：公元前524年，宋、陈、郑几国接连发生火灾，郑国大夫裨灶建议祭神除灾，子产说："天道远，人道迩，非所及也，何以知之。"否定了神灵对人事的干预。这种思想当然具有很大的进步意义，但是也带来了另一种社会效应。

崇拜天、鬼神，使人们对自己的思想行为有所约束，"君权神授"观则使人们对神的崇拜直接表现为对君权的顺从。随着对鬼神崇拜的淡化，人们的思想行为也发生了很大变化。既然天、鬼神都不存在，自然也就对人没有什么约束力，人们完全可以凭着自己的力量去处理社会问题。特别是统治阶级，他们争权夺利，攻城略地，称王称霸，甚至想占有天下。他们随心所欲地享乐，大肆挥霍，骄奢淫侈，给下层劳动人民造成了极大的灾难。墨子认为，出现这种现象的一个重要原因就是不尊天事鬼。他提出"天志"、"明鬼"的学说，就是想借助天与

鬼神的力量来改变这种社会现状。

墨子曾说："国家淫僻无礼，则语之尊天事鬼。"（《墨子·鲁问》）这里所说的"国家"是指国家的统治阶级，国君与王公大人。"淫僻无礼"，是指他们暴虐无道，滥用权力，不敬鬼神，胡作非为。针对这种情况，就用"尊天"、"事鬼"来规劝他们。在《墨子·大取》中，墨子更明确地说："治人，有为鬼焉"，就是用天、鬼神来警戒、恐吓那些滥施淫威，害国害民的统治者以及盗贼和一切坏人，使他们改恶从善，这样，国家就会安定，社会就会发展。这是墨子尊天事鬼的真正意图，也就是所谓神道设教。

不用说在科学发展的今天，就是在当时，人们关于天、鬼神的认识已开始了理性的思维，而墨子作为大思想家、大科学家却要恢复对鬼神的崇拜，其落后性显而易见。他的这种观点属于他的思想体系中的糟粕。当然他的动机还是应该肯定的，有人说他是旧瓶装新酒，好的思想内容借用了落后的形式。

一、我有天志

一天，墨子给他的弟子们讲《天志》，他说："天志就是天的意思。天的意思是什么呢？天要兼爱天下百姓，好义而恶不义，因此，天要用义来匡正天下。大国不要攻伐小国，大家族不要侵扰小家族，强者不要欺负弱者，

机灵的不要算计愚笨的，高贵的不鄙视低贱的。天希望人们都能够做到有力量要帮助别人，有知识学问要教给别人，有钱财要分给别人。身居上层的官长，要努力做好政务，国家就能安定。百姓能做好自己的工作，天下就会富足。"

有个学生心领神会地说："老师说的天志，就像工匠们手中的规矩一样，他们用规去量天下所有的'圆'东西是不是真的圆，他们说：'凡是符合我的规的标准就是圆，否则就是不圆。'他们用矩去测量天下所有'方'的东西是不是真方，他们说：'凡是符合我的矩的标准就是方，否则，就是不方。'老师的天志则用来检验天下王公大人的政务和天下老百姓的言语行为是不是符合义的要求。"

墨子很高兴，他肯定地说："你说得很对。我有天志，譬如轮人之有规，匠人之有矩。"

这个学生又问："老师，如果按照天的意思办事，会不会得到天的赏赐？如果不按照天的意思办事，会不会受到天的惩罚呢？"

墨子立即给予非常肯定的答复。他说："就国家的管理体制而言，是上级管理下级，而不是下级管理上级。平民百姓不努力工作，做错事，则有将军、大夫去管制他，纠正他；将军、大夫不努力工作，做错事，则有王公诸侯去管制他，纠正他；王公诸侯不努力工作，做错

事，则有天子管制他，纠正他；天子如果不努力工作，做错事怎么办呢？那就要有天来管制他，纠正他。天子只有使自己的言行符合天的意思，他才会受到上天的奖赏，否则，他也会受到天的惩罚。"接着，他讲起了历史，证明他的这种观点。

从前的三代圣王禹汤文武，他们实行兼爱。作为大国，却不攻伐小国；作为大家族，却不侵扰小家族；他们强大却不劫掠弱小的；他们人多，却不欺负人少的；他们聪明却不算计愚笨的；他们尊贵却不傲视低贱的。他们为人做事，上利于天，中利于鬼神，下利于百姓。人们称赞他们说："这就是仁义，他们顺从天意，爱人利人，必定得到天的赏赐。"不仅如此，人们还把他们的事迹写在竹帛上，刻在金石上，雕在盘盂上，以把他们的美名传给后世子孙。他们爱人利人，顺从天意，得到了天的赏赐。

爱人利人，顺从天意，就会得到天的赏赐。反之，憎人害人，违反天意，一定会受到天的惩罚。

从前的三代暴王桀纣幽厉，不实行兼爱。他们作为大国而攻伐小国，作为大家族而侵扰小家族，他们以强凌弱，以众暴寡，以诈谋愚，以贵傲贱。他们为人处事，上不利于天，中不利于鬼神，下不利于百姓。人们诅咒他们说："这就是不仁不义，他们违反天意，憎人害人，必定得到天的惩罚。"不仅如此，人们还把他们的劣绩写

在竹帛上，刻在金石上，雕在盘盂上，让后世子孙永远记住他们的罪恶。

最后，墨子告诫弟子们说，天无所不在，全知全能。天审视着万物，没有人能逃出它的视野，更没有人能逃避它的奖赏与惩罚。如果一个人在家族中得罪了家长，他还可以逃到邻近的家族中去躲避。他的父母、兄弟和相识的人都会互相告诫说："大家都要小心他呀，他怎么能得罪家长呢？"如果一个人在国内得罪了国君，他可以逃到邻国去，他的父母、兄弟和相识的人同样会互相告诫要小心他。尽管如此，他毕竟还可以暂时逃避。但是，一个人如果不按天意行事而获罪于天，那他就无处藏身了。即使他躲进幽暗无人的山林深谷，上天锐利明晰的目光也一定能看见他。他无论如何也不能逃避天的惩罚。

二、苦心明鬼

鬼神本来是不存在的，但墨子却要苦苦地证明鬼神的存在。有人问他为什么要这样做呢？他解释说：

三代圣王禹汤文武去世之后，天下就丧失了义。诸侯之间互相用暴力征伐，在诸侯国内，君对臣不仁，臣对君不忠；在家族内，父对子不慈，子对父不孝；政长不努力做好政务，百姓不努力从事生产。淫乱、强暴、叛乱、盗窃之类的事情屡屡发生，甚至有人利用兵器、毒药、水火拦路抢劫。为什么会出现这种天下大乱的局面呢？就是因为人们怀疑鬼神的存在，对鬼神赏贤罚暴的能力不信服。如果天下人都相信鬼神确实存在并且能够赏贤罚暴，那么，天下的混乱就可以消除了。

天下大乱是社会矛盾激化的结果，墨子显然对社会的病因作了误诊，所以就必然地开错了药方。

墨子是以"众之耳目之实"、"三代圣王之法"和"先王之书"三个方面的论据来证明鬼神的存在的。常言道：耳听为虚，眼见为实。墨子很明白这个道理，所以，他就把"众之耳目之实"作为主要论据，一连讲了五个所谓"见鬼"的故事。

第一个故事：据周朝《春秋》记载说，周宣王的臣子杜伯并没有罪却遭到了诛杀，杜伯临死前说："我并没有罪，君主却要杀我，如果我死后无知也就算了，如果我死后有知，三年之后，周宣王必遭报应。"三年后的一天，周宣王会合诸侯，到圃田去打猎，随从数千人，猎车数百辆，在场的人满山遍野。正午时分，烈日当头，杜柏突然出现了。只见他穿着红色的衣服，戴着红色的帽子，手里握着红色的弓箭，乘着白马拉的白车，急急地追赶周宣王。追上后便一箭射去，正中周宣王的心部，周宣王脊骨折断，立即倒在马车上死去。当时所有在场的人都看见了，没有在场的人也都听说了，周朝的国史中也记载了这件事。怎么能怀疑鬼神存在呢？

第二个故事：有一天中午，秦穆公到庙里去祭神。

有一位神仙从左边的门进来。只见这位神仙人面鸟身，穿着白衣，戴着黑帽，正方形的脸。秦穆公见状，大惊失色，慌忙逃跑。这时，就听神仙说："不要害怕，上天知道你德行高洁，派我来给你增添十九年的阳寿，并使你的国家繁荣昌盛，子孙兴旺，永远不会失去社稷。"秦穆公听了，慌忙跪倒在地，拜了又拜，然后问道："敢问尊神大名？"神回答说："我是句芒。"墨子讲完这个故事之后说："神确实是存在的，这里秦穆公亲眼所见，亲口所说，难道还有什么可怀疑的吗？"

　　第三个故事：据燕国的《春秋》记载，燕简公杀了无辜的臣下庄子仪，庄子仪临死前说："我并没有罪，可是君主却要杀我，如果我死后无知也就算了，如果我死后有知，三年之内，燕简公必遭报应。"就在庄子仪被杀的一年之后，适逢燕国有一个祈祷祭祀大典，这个盛大集会，照例在沮泽举行。燕国的沮泽就像齐国的社稷、宋国的桑林、楚国的云梦一样，是男女老少集会游览的地方。此时正值中午，太阳高照，燕简公正在沮泽的路上，庄子仪突然出现了。只见他手执红色的木杖，将燕简公打死在车上。当时，在场的人都看见了，不在场的人也都听说了，燕国的国史上也记载了这件事，谁还能怀疑鬼神的存在呢？

　　第四个故事：据宋国的《春秋》记载：宋文君鲍在位时，臣下祐观辜专门负责祭典公厉神。一天，他正祭典的时候，厉神附在了主告鬼神的祝史身上，责问祏观辜："观辜，为什么祭祀用的珪璧达不到规定的标准，酒醴粢盛不干净，作祭品的牛羊不肥壮，春夏秋冬的祭献不按时？这是你的主意，还是鲍的主意？"观辜回答说："鲍还幼小，尚在襁褓之中，他怎么会知道祭祀的事呢？是我这样做的。"祝史一听，勃然大怒，举起木杖，把他打死在祭坛上。当时，在场的人都看见了，不在场的人都听说了，宋国的国史上也记载了这件事，怎么能怀疑鬼神的存在呢？

第五个故事：据齐国的《春秋》记载，齐庄公有两个大臣，一个叫王里国，一个叫中里缴，两个人打官司打了三年也没有结果。齐庄公想把他们都杀掉，但不愿冤枉无辜者；想释放他们，又不愿让罪犯逍遥法外。经过再三考虑，齐庄公就让这两个人一起牵一只羊，到齐国的神社里去对神盟誓，让神裁决，两个人都同意这么办。到了神社，先在神像前挖了一条小沟，把羊杀了，将羊血洒在沟里。这时两个人开始读各自的誓词。王里国读完了，没有发生什么异常的事情。但是在中里缴的誓词刚读到一半时，那只死羊突然跳起，直扑中里缴，把他的脚折断了。当时，祝史便认定羊显示了神的旨意，立即就把他打死了。当时也是在场的人都看见了，不在场的人都听说了，齐国的国史上也记载了这件事，怎么能怀疑鬼神的存在呢？

　　墨子不厌其烦地一连讲了五个鬼故事，明确地讲就是为了证明鬼神的存在，而证明鬼神的存在则是为了说明鬼神具有赏贤罚暴的能力。每讲完一个鬼故事，他都要讲一番扬善惩恶的道理，告诫人们说："即使在无人的深山老林幽涧之中，行为也要谨慎、规范，因为鬼神无时无刻不在监视着你。"

　　墨子证明鬼神存在的最有力的论据就是"在场的人没有不看见的"。他想给人一种印象：这些事都是亲眼所见。但是究竟是谁亲眼见了呢？对墨子来说，他都是从书上看到的。我们只要稍作分析，就可以看出其破绽来。

　　杜伯、庄子仪"鬼魂"出现这件事也可能是真的。但这鬼魂却完全可以是假的，这两件事手法完全一样，很可能是刺客或别有用心的人上演一幕鬼戏以达到报仇的目的。秦穆公所见的神，显然是他自己编导或编造的，其目的非常明确，稍有一点头脑的人都能看出来。祝史棒击祐观辜同样也可能是别有用心的人装神弄鬼。至于利用"死"羊断案，则是判案者无能，三年查不出事实真相，而只好借助于"死"羊垂死挣扎的偶然性而导演的一幕悲喜剧，倒霉的中里缴稀里糊涂地被打死了，他究竟冤枉不冤枉，除了王里国心里明白，那可真是只有鬼才知道啦。

　　历来的统治者都把自己说成是真龙天子，把自己的统治说成是奉天承运。当他们夺取政权的时候，也总是不忘借助上天鬼神的力量。刘邦杀了一条蛇，却编造了一个神话故事，说杀了一条龙，把他当皇帝说成是天意。农民起义也经常采用这种手法，陈胜、吴广起义，不也是人为地制造出一些神奇的现象吗？

三、信与不信

墨子尊天明鬼，尽管动机是好的，但本身却是不科学的，从客观效果上来看，他的目的也并未达到。他的天志鬼神说并没有吓住统治阶级和坏人，而且在当时就遭到反对者的责难，甚至他的一些弟子也对此提出质疑与批评。至于墨子本人对鬼神是信还是不信，或者是由信慢慢地转向了不信，也是值得考虑的问题。

1. 该不该降福

有一次，墨子对他的弟子们讲：做善事，鬼神就会降福；做坏事，鬼神就会降祸。有个弟子提出质疑说："老师认为鬼神能明察事理，降福降祸，可是，我跟先生学习这么长的时间了，一直在行善事，怎么还没有得到鬼神赐福呢？是老师说得不对，还是鬼神并不能明察事理？"

墨子说："尽管你没有得到鬼神赐福，但我的话有什么不对呢？鬼神怎么不能明察事理？你该知道藏匿逃犯是有罪的吧？同样，藏匿别人的好处也有罪。现在有一个人，他比你要好上十倍，你能做到逢人称誉他十次才

称誉自己一次吗?"

弟子回答说:"不能。"

墨子又说:"还有个人,他比你要好上一百倍,你能终生称誉他而一次不称誉自己吗?"

弟子回答说:"不能。"

墨子说:"隐匿一个逃犯尚且有罪,现在你隐匿的东西如此之多,你犯有多大的罪呀,怎么还敢企望鬼神给你赐福呢?"

经墨子这么一辩,这位自以为一直行善而应该得到鬼神赐福的人却成了一个有罪的人,根本就不应该得到鬼神赐福。墨子是怎么推论的呢?他把隐匿逃犯有罪和隐匿别人的好处也有罪进行了类比,推出了这样一个弟子有罪的结论。然而稍有逻辑知识的人都知道,只有同类事物才可以进行类比,墨子自己就曾明确地提出过异类不比的原则,但他自己这次为什么犯了这样错误?这是因为他要证明鬼神赏善罚恶的论题是真的,才不得不使用这种诡辩的手法。

不过,像这种诡辩在墨子那里毕竟是罕见的。对于别人的质疑与责难,他更多的是对自己的观点加以修正,不断地做出一些让步。

2. 百门闭一门

墨子另有两个弟子对他的鬼神说有怀疑,一个是曹公子,另一个叫跌鼻。

　　曹公子学成之后，墨子推荐他到宋国去做官。三年之后回到鲁国，见了墨子，谈话间他说道："当初我在老师门下学习时，穿得是粗布短衣，吃的是粗茶淡饭，而且经常是吃了上顿没有下顿，祭祀鬼神的东西更没有。由于老师的培养教育，我现在做了官，家里比以前富裕多了。我恭恭敬敬地祭祀鬼神，祈求鬼神降福到我家，可是，现在我家里的人反倒经常死亡，六畜也不兴旺，而且我本人也常常疾病缠身。老师说的鬼神降福之类，是不是还管用呢？"

　　墨子说："你的看法不对，正如人想得到鬼神赐福一样，鬼神对人也有要求，而且要求很高。比如，鬼神希望当官的人能把自己的高官厚禄让给贤人，希望富有的人能把多余的钱财分给穷人，至于人供给他们的祭品，鬼神根本就不在乎。现在，你有了高官厚禄却不能让贤，这是第一个不祥的原因；你有很多财物却不分给穷人，这是第二个不祥的原因。你只想通过祭祀来求得鬼神降福，而不去考虑鬼神的愿望，还问为什么生病，这就好比你家中有一百个门，而你只关上了一个，却问盗贼是从哪里进家一样。像你这样祭祀求福，还责怪鬼神不明，可以吗？"

　　曹公子面红耳赤，感到很惭愧。墨子见状又对他说："鲁国有两个大臣季孙绍和孟伯常，他们互不信任，居官不和，就到祠庙里向神祈祷说：'请神帮助我们和好吧。'

这就好比他们各自遮住了自己的眼睛，却向神祈祷说："让我们都能看见吧。"这是多么荒唐可笑啊。"

曹公子明白了老师的意思：他并不赞成求神降福，而是强调人自身的行为。仔细想想，老师批评得有道理，自己的做法确是违背了老师的一贯教导和墨家的宗旨，于是他向老师检讨了自己的错误。

墨子的另一个弟子跌鼻，有一天听说老师病了，便前来看望。见老师面容十分憔悴，跌鼻心里很难受，便问墨子："老师一直说鬼神能明察事理，赏善罚恶。可是，老师您是圣人，只行善不做恶，为什么会生病呢？是老师说得不对，还是鬼神不明呢？"

墨子说："虽然我生病了，但怎么能因此而说鬼神不明呢？人得病的原因很多，如有的病是得之于冷热，有的病是得之于劳累过度。我行善事，就像一百个门只关了一个门，盗贼完全可以从其他的门进来。"

可以看出，墨子对病因的解释是科学的，尽管他口头上还在坚持有神论，但实际上自觉不自觉地放弃了有神论。

3. 假如鬼神不存在

就在《明鬼》的专题讲演中，墨子也提出了"假如鬼神不存在"的命题，为自己留下了后路。

一天，一个无鬼神论者找到墨子，向他提出了一个问题："鬼神本来就没有，却要去祭祀，这样浪费了财物却对父母亲没有利，能算孝子吗?"

墨子先反驳他无鬼神的观点。他说，古今所说的鬼神，有各种各样的情况：有天上的神鬼，有山水的神鬼，也有人死后变成的神鬼。然后他针对对方的问题说：

"我们并不否认，有的儿子死在父亲之前，有的弟弟比兄长先死。尽管如此，但人们一般都认为先生的先死。如果是这样，先死去的不是父亲母亲，就是兄长姐姐。准备一些祭品，祭祀父母或兄姐，如果他们真的成为鬼神可以享用祭品的话，祭祀的人使其父母兄姐直接受益，这当然是尽孝了。如果没有鬼神，这也不算浪费，不过就是一点甜酒和黍稷罢了。就算我们准备了一些祭品，没有鬼神享用，但是，那些祭品也并没有倒进水沟里呀，亲近的本家族成员，没有亲属关系的乡里乡亲，大家借这机会聚餐联欢一次，增强感情的交流，这是多么有利的事呵，何乐而不为之?"

墨子这样说，就等于承认了"鬼神诚无"。在日常生活中，墨子有时就干脆放弃有鬼神论。

一天，墨子从鲁国出发到齐国后，路上遇见一个算卦的"日者"。"日者"对他说："黄帝今天在北方杀黑龙，而先生您的脸很黑，往北方去不吉利。"墨子不听他那一套，毅然北行。他走到淄水边，发现河水暴涨，无法渡过，只好返回。

日者见墨子回来，便得意地对墨子说："我告诉您不

能往北去，您却不听，果然行不通吧。"墨子当即对他的话进行反驳：

"河水暴涨，淄河之南的人不能到河北去，淄河之北的人不能到河南去，这些人之中既有脸黑的，也有脸白的，他们为什么都不能渡河呢？不能渡河是因为河水暴涨，而根本不是因为什么黄帝杀龙。并且，你还说：'黄帝甲乙日在东方杀青龙，丙丁日在南方杀赤龙，庚辛日在西方杀白龙，壬癸日在北方杀黑龙。'如果按照你的这一套说法，那就是禁止天下人出门走路了。你这样困惑人心，不是想要天下虚无人迹吗？"

墨子的一席话，把日者说得哑口无言。这里已经摆脱了天和鬼神的束缚，坚持了朴素的唯物主义立场。这也表明了墨子有鬼神观点的不彻底性，为他的后学发展无神论留下了余地。

结束语

墨子去世的具体时间与情景，是一个千古之谜。

东晋道教理论家葛洪著《神仙传》，其中讲到墨子的晚年情景。

墨子一生苦而为义，救世济民，为了推行其政治主张，他周游列国，上说下教，但是理解他的人却很少。统治阶级攻伐兼并、骄奢淫侈的本性难改，人民的痛苦就很难解脱。墨子奋斗了一生，深感力不从心，到了晚年更无力抗争，于是他想了却尘缘，避开世俗，修道成仙。

就在八十二岁那一年，他听说有一位神仙叫赤松子，是神农时的雨师，曾制服水王，教诲神农氏。这位神仙法力无边，能在烈火中焚烧自身而不死，可以上天入地，呼风唤

雨。他经常到昆仑山上西王母那里，是西王母的座上宾。据说，炎帝的小女儿就追求他，得道成仙，随他而去。墨子知道这些事之后，便离家出走，去寻找赤松子。

一天，他来到周狄山，看到满山的苍松劲柏，好像进入了仙境。他找到一块巨大光滑的石头坐下，静思道法，想象神仙的境界。由于旅途疲劳，不知不觉地进入了梦乡。突然，他隐隐约约听到左右两侧的山涧中有读书的声音，以为是用功的学生来这里背诵功课，也没大在意，又转身睡去。朦胧之中，他感觉到有人来到身边，把衣服盖在他的脚上。墨子偷偷一看，是一位老者，白发白须，连眉毛都白了，但面色红润，无一皱纹。他知道是遇上神仙了，便起身问道：

"您莫非是山岳的灵气吗？您是来超度世俗的神仙吧？请您稍作停留，教给我得道的要领可以吗？"

神仙说："我早就知道你有志学道，所以特来关照，有什么要求你尽管说吧。"

墨子说："我希望能像您一样，长生不老，与天地共长存。"

神仙便授给墨子修道成仙的书二十五篇，并对墨子说："你生有仙骨，又聪明好学，读了这书就能成仙，不用再求教别的老师。"

墨子拜受了仙书，遵照神仙的嘱咐，按书修炼，果然灵验。于是撰集其中的要点，写成《墨子枕中五行记》

五卷。他本人也修炼成了地仙，即住在地上的神仙。

成了神仙的墨子，避开了战国乱世，他居无定所，周游于五岳名山之间。

汉武帝时，曾派使臣杨违，带着贵重的礼物聘请墨子出山，墨子执意不从。杨违观察了墨子的颜色容貌，吃惊地发现这位活了数百岁的地上仙人竟像五十岁左右的人一样。

墨子修道成仙之后，法力极大。不要说他自己了，就是普通的人，只要有他的药或符，也可以腾云驾雾，随心所欲地隐没或显现。微微一笑可以变成少女，稍一皱眉可变成老翁，蹲坐在地上则可成为幼童。手拿的拐杖可以变成森林，撒下种子立即能长出瓜果让人食用。他还能"画地为河，撮壤成山，坐致行厨，兴云起火，无所不作"。在葛洪的笔下，墨子的神通之大，法术之高，简直无与伦比，他真的成了无所不能的神仙。

然而，我们依常识就可以作出判断：葛洪所写的墨子，不是历史上的墨子。他所描绘的那个修道成仙的墨子，不过是他向壁虚构的形象。他所描述的墨子的神通广大，也不过是想借墨子的名声来装饰自己的门面，扩大自身的影响而已。

关于墨子之死，民间还有一种传说：在墨子八十二岁那一年，他得了一场重病，病愈之后就变成一只凤凰飞走了。

这些神话故事与美丽的传说当然不是历史的真实，但却充分说明了墨子的巨大影响以及他在人们心目中的地位。

至于历史上的墨子是什么时间去世的以及去世时的具体情况，《墨子》中没有提到，其他史料中也没有记载，所以后人对此一概不知。有的学者根据墨子的活动进行考证，推算出墨子活了八十岁左右，大约在公元前390年去世。

其实，墨子是什么时间死的，怎么死的，这并不重要。墨子的一生可谓鞠躬尽瘁，死而后已。《庄子》里说他"其生也勤，其死也薄"，因为他一生都在为民兴利除害，将自己的生死置之度外，止楚攻宋就充分显示了他视死如归的精神。他主张节用节葬，"生不歌，死无服"，更不计个人名利，所以，他的死不会隆礼厚葬，墨家弟子也不会大事张扬。明乎此，对墨子之死在史家的著作中没有留下记载也是不难理解的。

墨子唯恐因为他的死而干扰了别人的正常生活，所以他悄悄地离开了这个世界，离开了使他牵肠挂肚、为之耗尽心血的人世间。他走了，却把他的思想、他所创造的精神财富留给了世人。他那崇高的精神，伟大的人格，光辉的形象，与天地共存，与日月同辉。

墨子的思想凝聚了人类的思想精华，是中国劳动人民思想智慧的集中体现，对中华民族产生了极大影响。中国

人民的民族精神如吃苦耐劳、克勤克俭、埋头苦干、任劳任怨、见义勇为、互助互爱、舍己为人、忠诚宽厚以及刚健有为、自强不息、积极进取、热爱和平、反对侵略、不畏强暴、不怕牺牲等，无不体现着墨子思想的光辉。梁启超在《墨子学案》中就说："今日之匹夫匹妇，曷尝诵墨子书，曷尝知有墨子其人者？然而不知不识之中，其精神乃与墨子深相悬契。"墨子的思想，墨子的精神已深入到我们中华民族每个人的血液之中，形成了我们民族的精神特征。

1991年1月15日，江泽民总书记在欢迎苏联总统戈尔巴乔夫的宴会上说："中华民族是热爱和平的民族。二千多年前我国战国时期的一位思想家就提出过：'强不执弱，富不侮贫'的主张。"这位思想家就是墨子。

墨子永远活在中国人民和世界人民心中。